陳玉珠的童話花園

陳玉珠◎著

局長序　臺南繁花盛開　文學盡訴衷曲

臺南是一座屬於自然的城市：燦爛奪目的陽光照耀大地，盛開的蓮池飄散著清甜幽香；萬紫千紅的蝴蝶蘭綻放飛舞，隨著水雉展翅翱翔天際。

臺南是一座處處有情的城市：無論是鳳凰花開的離別衷曲，或是晚秋雨中的詩意採菱；冬夜漁家的揚帆滿載，還是稻香大地的揮汗淋漓，臺南斯土斯民、豐榮物產，透過文學的魔力，都成為這座城市最美好的風景。

臺南是一座萬紫千紅的城市，適合人們作夢、幹活、戀愛、結婚、悠然過生活。落花水面、好鳥枝頭、豐饒物產、人文風情，在在都撩動文人的心思，將書頁上的文字揮灑於吹拂的南風中，走過一頁頁歌詠的篇章。

致力發揚文學魅力的《臺南作家作品集》，每輯都嚴選作品、邀請在地優秀作家創作，為城市中的文學多元樣貌打造更安身立命的生長環境。本次第八輯收錄三位作家作品及四位推薦邀約作品，合計七部優秀的臺南文學作品集，文類跨越詩、散文、小說、兒童文學，承襲以往各輯的兼容並蓄。

本輯徵選作品中，謝振宗《臺南映象》以臺南地景人文發抒，詩作深入淺出、極富意象；陳志良詩集《和風 人隨行》意境高遠，語言和表達手法富創意，讀來頗有興味；林柏維《天光雲影【籤詩現代版】》以寺廟籤詩與作者四行小詩對比打造現代版籤詩，構想傑出、別具匠心。推薦邀約作品方面，則有對臺灣文學研究與翻譯極具奉獻的《落花時節：葉笛詩文集》；治史嚴謹且懷抱人道精神的《許達然散文集》；一生奉獻臺灣新劇的日治文學創作家林清文所著小說《太陽旗下的小子》；熱愛兒童文學因此創作豐富多彩的《陳玉珠的童話花園》。

今日的選輯，許多早已膾炙人口，更為明日本土經典生力軍。臺南文學永續耕耘，期待才人輩出、代代相承，一朝風采昂揚國際，盡訴古都衷曲。

臺南市政府文化局
局長 葉澤山

總序 文學森林的新株

文／李若鶯

臺南，文學藝術的城市，與文學相關的活動、文學的人才、文學的刊物，在國內都能引領風騷，堪稱一座文學的森林。在這座森林裡，有個區塊，是文化局兢兢業業經營的，自闢地以來，持續開墾，蒐尋適合種植的樹木，每年選種幾棵新的樹，掖肥使其根深枝茂長大成蔭，這就是「臺南作家作品集」。

一〇七年度「臺南作家作品集」第八輯，經編審委員多次開會討論審核，出版書單如下表：

編號	作品名稱	作者／編者	類別	備註
1	太陽旗下的小子	林清文 著 李若鶯 校並序	長篇小說	推薦邀稿
2	落花時節：葉笛詩文集	葉笛 著 葉蓁蓁／葉瓊霞 合編	詩文選集	推薦邀稿

編號	作品名稱	作者／編者	類別	備註
3	許達然散文集	許達然 著 莊永清 編	散文選集	推薦邀稿
4	陳玉珠的童話花園	陳玉珠 著	兒童文學	推薦邀稿
5	和風 人隨行	陳志良 著	現代詩集	徵選
6	臺南映象	謝振宗 著	現代詩集	徵選
7	天光雲影【籤詩現代版】	林柏維 著	現代詩集	徵選

從書單看起來，可以觀察到二個現象：一、現代詩佔了二分之一，其中徵選來的，都是現代詩。二、作者不是已經謝世，就是已年逾花甲。

作家作品集的設置，原本就有向本地卓越或資深作家致敬、流傳其作品的用意，表列前三位的專書，更是基於這樣的意涵。

林清文（1919-1987）是跨越語言一代的鹽分地帶代表作家之一，名列「北門七子」，其哲嗣林佛兒（1941-2017）也是臺灣著名作家。林清文最為人稱道的是曾經為臺灣早期舞台話劇的旗手，編導演之全才，以「廖添丁」一劇風靡全臺，惜劇本散佚，傳世作品只有寥寥幾首詩和一冊長篇小說。小說初以「愚者自述」為名，在《自立晚報》連載，增刪修改後改題「太陽旗下的小子」出版，早已絕版，今重新梓刊，由其媳婦李若鶯校編。日本殖民時期的臺灣人，因為族群、居住空間、殖民身分的時間長短、教育程度等等諸多不同因素的制約，對殖民者日本的感情十分複雜，感恩愛戴、懷恨憎惡的皆有之。林清文屬於一心向漢、敵視日本者，本書由作者出生追述到二十歲，對日治時期的農村、教育、個人生活與情感的糾葛等等，都作了告白式的敘述。

葉笛（1931-2006），如果你的時代、你的活動空間和葉笛重疊，如果你也喜歡文學，而你不曾和葉笛有交集，錯肩如陌路，那真是一種損失。因為他的作品，都是人品的印證、生命的履跡。我常懷想他辭世前二、三年，我和林佛兒與葉笛夫婦時相過從、縱歌放論的快意時光。葉笛的創作，雖然以散文和詩為主，他晚年一系列對臺灣早期作家的論述，篇篇擲地有聲，是研究臺灣文學非常重要的文獻。本書由葉笛哲嗣葉蓁蓁與葉瓊霞教授合編，精選其散文與詩作佳篇，希望讀者讀的不僅是作品，也能由其中看見一位人格者的內在風景。

許達然（1940-），國際知名清史和臺灣史研究學者，臺灣當代最重要的散文家，也是一位重量級評論家與優秀詩人。國內身兼研究學者和創作作家而都能遊刃有餘如許達然者，並不多見。許達然自年輕留學美國後，即旅居美國，但和國內學界、藝文界給終保持密切聯繫，作品迄今發表不輟。許達然和葉笛為至友，葉笛臨終前臥床數月，許達然幾乎每日從美國來電殷殷致問，情義感人。本書由莊永清教授選編，許達然的散文很有個人的獨特風格，特別在語言方面，盡量不用成語熟語，創造許多獨創的活潑語詞，讀其詩文，每有別開生面的驚歎。

本輯還有一本邀稿作品，是陳玉珠（1950-）自選集《陳玉珠的童話花園》。陳玉珠是國內知名童話作家，得獎無數。我常抱憾臺灣的童書有二大缺失：一是題材傳統守舊，老故事說來說去，卻又不能因應時代變化給予進步的思想引導；一是語言的文學性貧弱，故事是說了，情節是交待了，卻不能順便提升讀者（特別是兒童、少年）文學美學的薰陶。從這個角度看，本書是改良童書。作者自其歷來創作中精選三分之一成書，作者本身也是畫家，所以其故事充滿豐富的形象描繪，每每使讀者眼中看的是文字，腦中浮現的卻是一幕幕影像。

本輯另有三本徵選出列的作品，都是現代詩。

陳志良（1955-）是資深知名書畫家，其實，他寫詩的資歷更早，在高中時期就開始了，雖然他後來以繪畫和書法馳名，詩也沒有因此擱淺，他一直沒有停止以詩的方式記錄他的生活、他的思想、他的情感。他把詩，用繪畫般的書法表現，或題寫在畫幅中，早期文人以詩書畫三絕為藝術追求的至境，我個人認為，陳志良的作品，不管是繪畫或書法，都是詩、書、畫交融的表現。本書為作者寫詩四十餘年的自選集，作者的心境和生命觀，其實，已體現在書名中。

臺灣的作家，有很多同時是教育工作者，也許因為他們的學養，使他們具備寫作的技巧，他們從事的是與「人」相關的工作，觀察閱歷既多，塊壘自然形成，在一吐為快的催化下，作品於焉誕生。但也不可晦言，教職者的創作與專業作家相較，常顯得在語言的活潑與題材的創意方面略遜一籌。本輯二位徵選脫穎的教師作家，卻難能可貴的表現了專業作家的水準。謝振宗（1956-）在臺南教育界服務三、四十年，因地隨事摭拾而成詩，把與臺南相關的都為一集，《臺南映象》留下歷史的紀錄，也留下個人的行蹤形影。林柏維（1958-）的《天光雲影【籤詩現代版】》，看標題就很吸引人想一探究意。我年輕時，曾想過把中國經典《詩經》的每一首，都改寫為現代詩，行動力不足，沒能實現。林柏維的作品並非改寫，而是被「籤詩」觸動後的自由發想，每首詩既是自己的情思哲理的映現，又要與原籤有所呼應，若即若離，不即不離，更不容易，是首開前例的作品。

最後，恭喜臺南市的作家有機會出版、流傳他們的佳作大著，恭喜臺南市政府，轄下有這麼多文學人才，年年有優秀的作品再接再勵。希望以後有更多樣的書籍、更多年齡層的拔秀作家，一起徜徉府城這座文學森林。

自序

花園，開門！

一九五〇年，我出生在鳥語花香的四月，離二戰結束已五年了，民生正在迅速復原，我的父母、親戚、鄰居們，無不孜孜矻矻的拼經濟，努力賺錢。

因為大家的打拼，發展出各行各業，帶給我很特別的童年環境，口袋雖扁扁，腦袋卻很豐富。

一條短短的文化街，父母在中間開個小麵店，賺的只是蠅頭小利，小孩倒是不愁吃喝。對面鄰居開電影院，早場、中場、晚場全年無休的放映電影。街道林立著唱片行、冰果室、撞球場、印刷廠、中醫、西醫診所、蔘藥行、棉被店、繡莊、美容院、照相館、腳踏車店、文具店、書店、豆漿攤、廣告社、報社、家具店、西服社、百貨行、眼鏡行、皮鞋皮箱店、雜貨攤……

是的，那是熱鬧非凡的商店街，不折不扣的「聲色場所」，我從小受到強烈的文化撞擊，也活化了我的思維，開啟心眼。

店前聲色不絕，店後住家卻是安靜的，空曠的三合院，祖父母年輕時，埕尾養雞鴨，還有兩排豬舍養豬，豬舍後來空下來了，小叔叔經營估物商，利用一間間的豬舍，分門別類存放簿仔紙、玻璃、舊衣物、塑膠製品、歹銅舊錫……等等，我常鑽進去尋寶，也從滿間舊書報中找到許多故事書。

在那個年代，有故事書可看的孩子，不多，我何其幸運！

看了無數來自廢紙堆的故事書，加上鄰居友善小孩的免費電影，小學時，午休時間，導師讓我們輪流上台說故事，我能瞎掰各式各樣的情節，比誰都精彩，也就不足為奇了。我的志向就是當一個說故事給小朋友聽、教小朋友畫畫、唱歌、跳舞的老師。和玩伴一起遊戲扮家家酒時，大姐頭的我常扮演老師教學，或編劇主導演戲，讓童年充滿樂趣。

初中二年級時，我開始栽進寫作投稿的行列。散文為主，但我更喜歡寫小說，能帶我進入變幻境域。進入師專就讀，有一次因為鄰家的絲瓜藤攀到我家二樓的窗口，一些事件，引發我的靈感，說了一個故事給弟妹們聽，他們說，沒看過、沒聽過呢。

當然，是我掰編出來的啊！

下一個靈感，我把這個故事寫下來，向學校的台南師專青年投稿，主編的學長很高興有人創作童話，作家趙雲老師也鼓勵有加，我繼續寫，並請趙老師指導，童話和小說並行，畢業後，由於夫婿鼓勵我專注兒童文學，我也覺得那更符合我的志向，就這樣，為自己，也為孩子們開闢了一座童話花園。

屈指數來，從一九六四年開始發表作品，一眨眼也超過半個世紀了，五十餘年來，未曾停筆，童話這個區域從一九六八年的第一篇到二〇一八年，林林總總，有長有短，累計一百一十六篇，不能說多，也算不少了！本想在臨近七十歲之際，整合全部童話作品獻給我的故鄉，由於字數的限制，只能挑選十萬字輯印，中篇、短篇共四十三篇。

回首瀏覽四十三朵充滿童趣的花，我，心境仍如單純孩童，既不曾走向老年，也不曾遺忘童年，我是個永遠的快樂小園丁，「花園，開門！」歡迎大家一起來賞花吧！

1 兩個老人和絲瓜

有個壞心眼的老頭，種了一棵絲瓜。他的右鄰居也種了絲瓜，由於老頭子疑心重，怕他的絲瓜會被偷走，就把絲瓜種在屋頂上。

一天早晨，老頭起身澆水，望見隔壁絲瓜棚青蔥碧綠，黃花好不耀眼。他抬頭瞧瞧自己屋頂上的，長得並不理想，於是他就起了壞心，爬過籬笆伸手就把鄰居的絲瓜藤抓著走，那些黃花不堪被搖晃，紛紛掉了下去。

本來是盤繞在棚子上的絲瓜藤，一下子飛到老頭的屋頂上去了，鄰居的老公公出門一看，大吃一驚，正要問到底是怎麼回事，卻不料壞老頭先聲奪人，衝著老公公說：

「我屋頂上的絲瓜長到你那兒去了，你要替我小心照料，枯死了你得賠我！」

老公公仔細查看了一下，明明是自己受了委屈，可是他不願同壞老頭辯，默默的繼續照料絲瓜。不久，隔在中間的籬笆也爬滿瓜蔓了，又開出了黃花。壞老頭拿了一根掃把，三下兩下就把花全打落了。

老公公很傷心，仔細的把花朵全拾起來，埋在另一邊的籬笆下，每天澆水，對那株被霸佔了的絲瓜仍加照料。一天晚上，老公公夢見一群金黃閃亮的姑娘，在一個青衣姑娘的率領下，來向老公公致謝。原來她們都是被壞老頭打落的花，青衣姑娘是一條小絲瓜，也不幸被打下來。

青衣的絲瓜姑娘點點頭，對老公公說：

「老公公，我們不幸遭到壞老頭的毒手，得到您替我們料理後事，善有善報，惡有惡報，壞老頭會得到最壞的下場的，希望老公公繼續灌溉絲瓜。」

絲瓜姑娘說完，不等老公公回答，一轉身就不見了。

老公公勤加澆水，絲瓜長得很快，不久以後，壞老頭的屋頂上已開了許多花了，而老公公的瓜棚裡僅僅開了三朵花。壞老頭很得意。他架著梯子，數著屋頂上的花朵，足足有一百多朵，加上籬笆上的，共有二百多朵，他奸笑著向老公公說：

「那三朵就送給你吧！免得你說我偏心。」

日子一天天的過去，兩邊的花都凋落了，絲瓜開始結成了，長得很迅速，一百多條粗大的絲瓜壓得壞老頭的房子搖搖欲墜。

老公公剪下他那三條絲瓜，突然覺得絲瓜出奇地重，剖開一看，原來絲瓜心各有一條黃金，於是老公公留下一條，其餘兩條送給貧窮的人去平分了。

壞老頭知道絲瓜裡有黃金，日夜不安，怕人偷去，尤其是掛在籬笆上那一百多條，他怕老公公再剪了走。晚上，絲瓜姑娘出現在壞老頭面前，她冷冷地說：「我是負責看管絲瓜的，絲瓜已長成了，你還有什麼希望？」

壞老頭一聽，連忙說：

「有，有，請妳把籬笆上的絲瓜搬到我屋頂上去。」

「好吧！」絲瓜姑娘答了一聲，籬笆上的絲瓜真的全飛到屋頂上去，壞老頭的屋子顫抖了一下，「轟隆！」一聲便倒下去，所有的絲瓜也都消失了。

（一九六八年．台南師專青年）

2

雲的故事

安寧的咕嚕山下，是一片純樸的原野，三兩個小村落點綴在其間，河流悠閒的繞著小村內外，像一條藍色的絲帶。天空中，幾朵悠哉的白雲徜徉著，她們學著山坡上放羊的小孩兒，懶洋洋地伸展四肢，飄浮在半空，像正在熟睡的嬰兒的搖籃，輕悄悄地搖呀搖的。

「吼！」一聲，一團烏雲鑽了出來，放羊的孩子驚醒了，慌張地找藏身的地方。碧藍的天空頓時烏雲密佈，大地失去了光彩。被擠到一邊去的白雲非常生氣，她揪著烏雲的後腳叫著：

「烏雲大哥，請您評評理！」

烏雲一向橫衝直撞慣了，沒人敢阻止，聽得白雲叫他，老大不情願地收起他的狂勢，看在同類的份上，還算親切地問她怎麼一回事。

「烏雲大哥，您不見咕嚕山下是多麼安詳靜謐，那一片草原碧綠如茵，田裡秧苗欣欣向榮，小孩兒躺在山坡上打滾，大人們在田裡忙碌，那地方的水已非常足夠，您來，也不過是多餘的。沒有人得罪您，為什麼您那麼憤怒地打鑼敲鼓，把他們的安寧都嚇跑？您辛辛苦苦地積了那麼多小雨點，就毫無意義地把它浪費掉嗎？您下去了，確是錦上添花，但，做事總得有做事的效果，需要您的地方多的是，人間已夠多錦上添花的事了，咱們屬於自然的，何必學人的做作呢？真的，需要您的地方多的是，只要您仔細一點瞧，您會知道，您對某些地方是多麼的重要！」

烏雲沉吟了半晌，低頭瞧了瞧昏暗的人間——那背著孩子的阿婆，正忙著收起晾在外頭的衣服，廣場上晒著的農作物還沒收好，背上的小孩兒哇哇大哭，阿婆的眉頭打了結，嘴巴緊緊地抿成一直線……

魯直的烏雲很坦率地承認他的錯誤，他聳了聳肩，鼓起嘴巴，「呼！」地一吹，天空又呈現一片藍彩，陽光融化了籠罩在周遭的晦暗。烏雲回頭一瞧，正瞧見放羊的孩兒跳躍著，高舉著雙手歡呼。

烏雲飛了又飛，找了又找，終於看到一片乾旱的土地，那裡沒有青草，沒有泥土，也沒有笑容，一團黑煙籠罩在人們頭頂，他們緊繃著臉，在車如過江之鯽的馬路上匆匆行走。烏雲想：「這個地方夠髒了，陽光都照射不透，人的臉上蒙著陰影！」

「轟隆！」一聲，傾盆大雨，把一切煩悶洗滌得乾乾淨淨，黑煙消逝了，人們臉上沾著雨水，透露出喜悅的光彩。一個人抬頭望了望天空說：「下得好！難得能沖淡緊張的氣氛，大自然離開這裡已好久了！」

他展露了笑容，感謝烏雲帶來驟雨，拂去心中的積塵。

（一九六八年．南師專青年月刊）

3 狄愛娜

狄愛娜在那藍星鑲成的車裡哭泣著，她是屬於夜的，然而，她多麼盼望能和阿波羅的金車一齊遨遊。

「婆婆，只有我最不幸了，這麼清冷的夜，走來走去，到處黑漆漆的，怕死人！」狄愛娜淚眼汪汪的。

月光婆婆摸著她那披滿金髮的頭，慈愛地說：「孩子，你是月神哪！夜是屬於妳的，阿波羅所走過的地方，妳都得照料照料哩，日是屬於阿波羅的，他白天累了一整天，晚上得休息了，妳的責任可重大喲！」

「唉！婆婆真不解風情！」狄愛娜氣唬唬地轉過身去，引頸遙望著歸去的阿波羅，而疲憊的阿波羅，正提著蹣跚的步伐，醉倒在水晶藍和紅瑪瑙相間的海水裡，他那紅紅的臉頰，不忘展著醉人的笑靨，狄愛娜真想也把自己醉了。風聲大了，海浪也大了，狄愛娜含著淚遺出第一顆星，夜幕遂籠罩大地。

「多麼煩死人！」狄愛娜埋怨著，揚起了月光婆婆編成的鞭子，在空中繞了一圈，於是小星星一顆一顆地出現了，儘管他們親熱的向狄愛娜打招呼，狄愛娜卻覺得自己沒有心情理睬，她幽幽的想著：「我真像一隻籠鳥，藍星有一定的道路，難道我永遠在這路上繞，不能到別的地方走一走？」

於是她忍不住又回頭，喊著：「婆婆，真呆板，婆婆，老頑固！」

她瘋狂地揚著鞭子，消失在滿天星海中。月光婆婆依偎在月眉船上，滿不在乎地哼著老得彎腰駝背的調子。她想：「什麼時候，狄愛娜變得這麼活潑了？她一向是很乖巧的。」

她還是像在哼著歌兒般地吩咐：「天亮以前得回來哦，當心阿波羅的箭不認識妳哩！」

天快亮時，月光婆婆開始焦急，狄愛娜沒有回來，而夜幕已逐漸褪色。她嘶啞著嗓子，喚著：「狄愛娜，快回來，狄愛娜呵，快回來呀！」小星都已躲遠了，狄愛娜到底到那裡去了呢？

就在月光婆婆急得幾乎弄翻月眉小船時，狄愛娜正堅定地把藍星停留在山頂，她不相信阿波羅會傷害她，她要使阿波羅為了她而掩住金光，收斂威風，拜倒在她的藍星下。露水滴在她的睫毛上，從露水中看出去，白霧的世界已呈現七彩。雲彩撥開阿波羅的睡眼，合力要把他拖出被窩。狄愛娜的心多麼興奮！

「一、二、三！」阿波羅像下定了決心，突然躍了起來，光芒四射，充滿了活力，狄愛娜如大理石般冰涼的身體被烘熱了。

「阿波羅，阿波羅，看看我，偉大的阿波羅，你的金車多麼華麗！」狄愛娜拼命叫喚著，但是金車之下，哪裡顯得出藍星的影子呢？金車的光芒，逼得藍星直出冷汗，狄愛娜混身像被灼傷了般陣陣發疼，她快要站不穩了，她開始後悔不聽婆婆的話。就在這時，月光婆婆的梯子伸了過來，狄愛娜得救了。

狄愛娜皺著眉，滿心不情願地駕著藍星，在夜空中來回。小星星們唱著：

「憂鬱的仙子，請妳聽我歌唱，
當我們同在一起，我要使妳歡暢，
請展開妳的眉頭，請勿吝惜妳悠揚的聲浪，
我們是妳的朋友，從來以妳為榜樣，
憂鬱的仙子呵，請不要一臉哭相，

憂鬱的仙子呵，請不要那麼懊喪。」

狄愛娜聽到他們的懇求，心裡非常感動，她跟著他們唱著，忘掉了所有的不快，只是當她再望見阿波羅時，卻再也不敢胡思亂想了。

（一九六八年．南師專青年月刊）

4 月神狄愛娜

愁眉不展的狄愛娜，失神地從藍星車上下來，深深地嘆了一口氣。一群小仙慌慌張張地跟在後頭。

「婆婆，不好了！」小仙們看見月光婆婆，七嘴八舌地爭著報告：「我們沒欺負狄愛娜呀！她自己莫名其妙地傷心起來了！」

月光婆婆微笑著撫著狄愛娜的頭髮，狄愛娜於是開始哭泣。

「怎麼啦？乖，是不是小黑欺負妳了？」月光婆婆想到那個戴眼罩，披著黑披風的小精靈，常常找狄愛娜的麻煩。

狄愛娜默默地搖了搖頭。

「那麼，是不是哪一個小仙——」月光婆婆溜了小仙們一眼：「不小心扯了妳的頭髮？」

「沒有，我們沒有，」小仙理直氣壯地：「她自己扯的，扯斷兩根，還打了結哩！」

「哦？」月光婆婆心想，八成又是狄愛娜自己無中生有，稀奇古怪的煩惱。

狄愛娜淚眼婆娑，無限哀怨地說：

「婆婆，我戀愛了！」

✿

狄愛娜決心出走。月光婆婆躺在月眉小船裡，晃呀晃的，睡得正安祥，小仙們玩累了，也都沉沉地睡倒。狄愛娜丟下藍星和鞭子，咬緊牙，堅定地邁出星界。

「婆婆太渺視我的感情了！」狄愛娜心裡反抗著：「為什麼我不能？我已長大了，我相信我的眼光不會差到那裡去，森林王子，他會待我很好的，婆婆，為什麼那樣懷疑他呢？」

狄愛娜翻過崇山峻嶺，向著東方滿懷信心地前進。荊棘扯破了她的長裙，碎石子路使她寸步難移；低低交錯的樹枝，把她舒滑的長髮弄得亂七八糟；汗珠兒在她額頭、鼻尖不斷地冒出，而狄愛娜沒有退卻。

走了好遠好遠，狄愛娜碰見一片森林，一條鋪滿綠葉的小路，像翡翠般閃光。頓時所有的疲憊都消失了，狄愛娜憔悴的臉上重現出光彩。她心急地拖著疲憊的雙腳，踏上小路，立刻就被一陣悠揚的歌聲懾住了。狄愛娜眼眶貯滿了喜悅的淚水，兩旁樹上的葉子，就像她的心一般，輕輕地顫抖。

「那必是森林王子了！」狄愛娜快樂得像隻小鳥，走到一個湖邊。湖中矗立著一座青蒼的古堡，歌聲在湖上蕩漾著。狄愛娜，痴痴地佇立在湖邊，那城門開了，一條彩虹的小船滑過來，狄愛娜看清了，啊！那不正是森林王子嗎？

他們在湖畔唱和、漫步、追逐，他們在船上，任船在湖中蕩漾迴旋，狄愛娜沉迷在他的甜言蜜語中。天快暗了，阿波羅逐漸收攏金光，突然一陣轟隆，青紫的雲朵圍攏了城堡，年輕人頭上長出兩隻角，嘴邊露出獠牙，眼發綠光，變成一隻綠色的怪物，牠大吼著伸出爪子，狄愛娜嚇昏了。

✿

狄愛娜心碎了，她躲進黝黑的山洞裡，伏在長滿苔蘚的石頭上，嚶嚶地哭泣，所有的痛楚，在瞬間都毫不留情地向她襲來。

「婆婆，只有我最不幸了！」狄愛娜嗚咽著。

「狄愛娜啊！能及時救妳回來，就是萬幸了。」月光婆婆一面安慰她，一面又想起那一幕緊急的情景，心裡還砰砰地跳個不停。

「仙子歸來了，大家歡呼齊拍手，嘿，請不要躲在洞裡，像個愛哭的小丑，別讓孤獨寂寞伴著妳憂愁，我們永遠永遠，跟在妳後頭。」

調皮的小仙們在洞口一面跳一面唱著：

「駕著藍星在天空中遨遊，只有妳和我，妳呵，怎知妳不喜歡享受？來啊，仙子，別叫妳臉皮起了皺。」

狄愛娜帶著淚兒笑了，一笑解千憂，只有月光婆婆還擔心著，不知那一天，狄愛娜又要哭著喊不幸呢！

（一九六九年・南師專青年）

5 百花門

「百花門」是一個旋轉的門，就像兒童樂園入口的那個門一樣。為什麼叫做「百花門」呢？因為這裡正好有一百種花，攀在門上。每一種花都有一百朵，永遠開得那麼漂亮，不會凋謝。

在百花門前面的草地上，嵌著一塊像洗澡盆那麼大的玻璃，玻璃上舖著好幾千顆七彩的玻璃珠。這些珠子是千變萬化的，雖然看來好像它們穩穩地躺在那兒不動，但是當太陽照射在綠草地上時，周遭的綠色光芒會使得它們互相輕輕地碰撞，發出細碎的，晶瑩的音樂來。

百花門裡面，有一個大的樂園。

春天，有一個像媽媽那麼大的洋娃娃，教小朋友唱歌，也會做各式各樣的點心給小朋友吃。

夏天，有一個像爸爸那麼大的洋娃娃，教小朋友做森林遊戲，游泳、划船、進入叢林中看各種動物，去探險。

進入秋天，到處都是蘋果樹，樹上結滿了鮮紅的蘋果，像哥哥姐姐的洋娃娃，伸著長長的手，把樹上的蘋果摘下來。小朋友躺在樹下的草地上，一面啃著蘋果，一面傾聽風鈴演奏音樂，那個姐姐娃娃就會摟著他們，唱歌般地說起美麗的故事來。

冬天，有一個像爺爺那樣的洋娃娃身上穿著紅袍子，雪白的長鬍子上，點綴了幾個叮噹響的鈴子。他背著一大袋禮物，當小朋友玩累了的時候，他笑呵呵地把禮物遞到他們因興奮而發熱的小手上。鬍子上的鈴噹「叮噹，叮噹」地跳起舞來，老公公「呵哈，呵哈」地向他們揮手再見。

那麼好玩的地方，什麼人知道了都想進去瞧一瞧。百花開在門上，輕輕一推，它們就像被搔胳肢窩似的，嘻嘻哈哈地扭著身子，那門就輕巧地一轉身，想進去的人就已經在裡面了。

小胖胖站在門前。他的外號叫做「小迷糊」。他整天迷迷糊糊的，不唸書，不做事，甚至連早上起床後要刷牙洗臉他都不肯做。他看來就像剛剛從臭水溝裡撈起來似的，髒得透頂。上學的時候，走起路來垂著頭，搖搖晃晃的，帽子塞在褲兜裡，鞋子提在手上。看見路邊有顆石子，他要抬腳去踢它一下；看見小貓躺在樹叢下休息，他也要把小貓抓起來，丟到泥塘裡去。書包裡裝的是青蛙、小蟲兒、泥鰍、蜜蜂、寄居蟹、乾果核兒、蠶、蟋蟀、橡皮筋……，死的活的攪成一堆，拿著到處嚇女生。

就是這麼使人頭痛的小孩，站在百花門前。每一朵花都扭過了臉不看他。小胖胖使勁地推門，他額頭都冒汗了，門還是推不開；急得他抿著嘴哭了。

有個人走過來了，小胖胖擦擦眼淚一看，原來是小明。小明還一面哼著歌。他往玻璃珠踏上的時候，每一顆玻璃珠都射出七彩的光輝，每一朵花都露出笑臉迎接他。小胖胖叫著：「小明，小明，你帶我進去玩好嗎？」

小明說：「你的衣服太髒了，花姑姑不會讓你進去的。」小明進去了，小胖胖推了推門，果然又推不動，他趕緊跑回家去，換了一身漂亮的新衣服，扣子一個也沒少，鞋帶也繫得牢牢的。

他走到百花門前，當踏上玻破璃珠子時，每一顆珠子的光彩都消失了，花姑姑看了他一眼，又把臉別開了。小胖胖還是推不開門，又哭了起來。

「小胖胖，你只穿漂亮衣服有什麼用？全身還是髒的啊！你看你的腳，哇！你一定要像我一樣天天洗澡，洗得很乾淨才能進去的。」阿華正好走過來，就這樣告訴他。

於是小胖胖回家去，把頭啊腳的，全身都洗得清潔溜溜，身上不癢，不必像猴子似地在身上抓來抓去，他想：「真奇怪，洗澡這麼舒服，怎麼以前不愛洗澡呢？以後一定要天天洗！」

這一次小胖胖以為一定進得去了，誰知道百花門還是關得緊緊的，推也推不動。

「啊哈！小胖胖，老師不是教我們唱『剪剪指甲洗洗手』嗎？還有教『一天要刷五次牙，起床後，睡覺前，吃過飯，刷刷牙。』你看，我們都聽老師的話，我們都進得去！」台台他們都高高興興地進去了。

小胖胖為了要進百花門，他剪短了頭髮，梳得整整齊齊，又剪了指甲。他刷過牙，覺得任何東西吃起來都特別好吃，吃過東西漱漱口，好像那香味永不散去似的，噢，老師講的話不會錯的，經常刷刷洗洗，那是多麼愉快的事。

小胖胖變得乾淨了，並且也愛乾淨了。他不會再去玩泥巴，抓小蟲兒，大家都很高興跟他玩，只是，百花門仍然不肯為他開。

小胖胖為了這件事很傷心，他想：「我已經改變那麼多了呀！」他在百花門前呆呆地站著，心裡埋怨著太不公平。

貞貞和芳芳手拉著手，一面唱歌一面笑著，她們的衣服上沾了一些泥巴，並且鞋子也弄髒了，可是當她們踏上珠子時，出乎小胖胖意料之外的，珠子發出七彩的光來，悅耳的音樂聲飄在四周。

「為什麼妳們衣服弄髒了還能進去呢？」小胖胖大聲問。

「我不是故意弄髒的呀！剛才我在空地那邊看到一個拾破爛的老太婆，她摔了一跤，好可憐喲，我扶她回去，並且幫她背著竹簍子，大概是竹簍子把我衣服弄髒了，不過弄髒也沒有關係，我幫她一點忙，心裡就很高興，所以花姑姑也不會責怪我的。」貞貞說。

「是呀，只要是做好事，衣服髒了也沒有關係，如果不做好事，穿得再高貴，花姑姑也不讓人進去哩！」芳芳說：「我每天做一件好事，心裡就會高興得很。」

「什麼事是好事呢？」小胖胖問。

「很多啊，老師說，幫助別人就是好事，所以我每天幫助媽媽做事，也幫助隔壁媽媽看娃娃。還有，不要使爸爸媽媽生氣，嗯，還有，嗯，就是要幫助別人，幫助別人的事都是好事……」

有一個人不小心丟了一隻小雞，小胖胖幫他找了又找，終於在一個空罐子裡找到了。那隻小雞不聽話跳進空罐裡出不來，急得眼睛都轉圓了，看到小胖胖來救她，好開心呵！小胖胖更覺得自己像英雄一般神氣。

有個小孩的棒棒糖被小狗叼走了，小胖胖找不著那隻狗，自己買了一支棒棒糖給他，並且陪那小孩玩了好一會兒，直到那個小孩帶著眼淚開心地笑。小胖胖一點也不心疼花了五毛錢，他覺得他很快樂，很有本領，他長大了。

他跳著騎馬步，像一匹小馬般快活地跑著，急著要到百花門裡去玩。一隻醜小鴨蹲在路上，小胖胖看到他混身是泥巴，髒兮兮的，就捧著小鴨到池塘去洗個澡，他的鞋子踩在池塘岸邊，沾滿了泥巴。

不過，沒有關係。

你看！百花門迎著小胖胖，呼！好好聽的音樂哪，開得好漂亮的花啦，光彩耀眼的珠子啦，現在他可不再迷糊了。

他非常的快樂，天上正在飛正在舞的仙鳥都不如他那麼快樂呢！

（一九七〇年四月．國教之友月刊）

6 森林裡的嬉皮

有一天，森林裡一棵橡樹下，躺著一個披頭散髮的怪物。長長的頭髮覆蓋著眼睛，渾身上下髒得分不出他原來是什麼顏色了。他躺在樹根那兒，兩個鼻孔拼命吸氣，紅紅的舌頭伸出嘴外——喔喔！那嘴，好尖好長——舌頭抖呀抖的，好像累極了似的。

班鳩媽媽帶著小班鳩們飛過那兒，看見怪物，嚇得不敢出聲，趕忙躲了起來。

「哎呀！那是什麼怪東西呀？咱們得快去通知熊巡官。」班鳩媽媽指示小班鳩們向西飛行，她自己向東兜圈子，因為熊巡官在森林裡巡視，不知道他現在會在那個角落。班鳩媽媽飛著，遇見了兔子先生。

「兔子哥，看見熊巡官在那兒嗎？」班鳩媽媽焦急地問。

「沒看見哩！怎麼啦？」

「不得了哇！橡樹下來了一個怪物，現在在那兒呼呼大睡呢！我得趕快通知熊巡官。」班鳩媽媽飛走了。兔子先生叫喚著：「鄰居們，出來吧，大難臨頭了！」

袋鼠太太、啄木鳥大夫、土撥鼠叔叔、刺蝟弟弟，附近的「居民」都紛紛擠到兔子先生家門口來，聽兔子先生說怪物的事。

「我們是不是得準備逃難呢？」袋鼠太太擔心地問。

「也許熊巡官有辦法，班鳩媽媽已經去找熊巡官了，我看為了大家的安全，我們也一起去找熊巡官吧，但是注意別讓怪物發現我們。」兔子先生是很有學問的「博士」，他這麼說，大家就都服從地分頭去找熊巡官了。

小班鳩們向西飛去，一直沒看見熊巡官，不久，他們看見狐狸大哥和山豬爺爺在瀑布邊兒，跟水獺嬸一家人聊天，就飛過去。

「山豬爺爺、水獺嬸、狐狸大哥，您們看見熊巡官嗎？」

「沒看見，你們飛得那麼慌張是為什麼事呢？」

「不得了哇，剛才我們和媽媽飛過橡樹邊時，看見一個怪物，我們好害怕呀，媽媽要我們從這邊過來找熊巡官，媽媽從那邊去找了。」

「真有這回事？」山豬爺爺磨著牙齒說：「怪物來了，一切看我的，有什麼好怕的？走，我們去看看是什麼怪物！」

「慢點兒，老爺，」狐狸大哥一向考慮周到：「您年紀也一大把了，再說是什麼怪物，也還不清楚，白去送命多划不來，我看咱們還是一道去找熊巡官，大夥兒合力去把怪物消滅掉，比較好些。」

「說得有理！」於是山豬爺爺、水獺嬸嬸、狐狸大哥，也都分頭去找熊巡官了。

消息傳得很快，不多時，整個森林裡掀起了找熊巡官的熱潮。錦蛇伯伯、蝴蝶姑娘……不論大小，聽到消息的都加入了尋找熊巡官的行列，但是找遍了每個角落，空中偵查、水中潛探、樹上搜索，都沒看見熊巡官的蹤跡。

「啊呀！我知道了！」兔子先生說：「只有橡樹那兒我們沒去找，也許熊巡官已經發現怪物，到那兒去了。」

梅花鹿也驚呼了一聲：「對啦，我記得曾發現熊巡官的足跡，是向著橡樹去的。」

於是大夥兒前呼後推的，向橡樹前進，沒看見熊巡官的身影，而那個龐大的怪物還在樹下沉沉地睡著呢！他們遠遠地打量怪物。

「看，那麼大的怪物，如果讓他醒過來，咱們林子裡就別想平靜了！」黃鼠狼姑姑屏著氣，小聲地說。

「不對，讓我再看仔細點。」「博士」兔子先主戴上老花眼鏡：

「這種東西，我好像看過。你們注意到沒有，頭髮又長又亂，但是插著鮮花，還有點花的香味；指甲留得又長又黑，身上髒得有一股臭味，胳臂被蝨子叮得腫了好幾團，哈，沒錯，這種東西，我知道，就是『嬉皮』。」

「嬉皮？不是怪物嗎？」

「嬉皮不會傷害別人的，他們只是懶惰蟲，不喜歡洗澡，也不去做事，這個嬉皮八成是餓壞了，我們來叫醒他吧！」

兔子先生說完，喊了「一、二、三」，所有的動物都高聲喊：「嘩——哇！嗚——吱吱吱——嘶——」

那個「嬉皮」渾身震動了一下，醒過來了，抓了抓頭髮，站了起來，所有的動物都看呆了！

「哇！怎麼是你呀？熊巡官！」大家驚叫了一聲。

「哎，別說了，真倒霉，清早到山腰蜂工房吃甜蜜派，遇到一群兇狠的虎頭蜂流氓，被他們追得走頭無路，撞了蓮霧樹，又栽在爛泥堆裡——」

大夥兒嗤嗤地笑了起來。不是怪物，那就放心了，不是『嬉皮』，也不用擔心，倒是熊巡官的「奇遇」，讓大家都開心大笑了，一定是熊巡官嘴饞大吃，惹得蜂兒們生氣了。

「熊巡官，兔子先生說您是『嬉皮』呀！」饒舌的麻雀格格地笑著打小報告。

「吉比嗎？沒錯！我的名字就是吉比啊！沒錯！」

熊巡官直楞楞地回答，大夥兒爆出了笑聲，他還莫名其妙哩。

從這件事以後，森林裡的熊巡官就被叫做「嬉皮巡官」了。

（一九七四年八月．兒童月刊28期）

7

兩株蕉苗

院子裡，小芬的爸爸種了兩株香蕉。她們才剛剛從王老爹的院子移來，一株長得比較大，還有一株是從母株旁挖下來的小蕉苗。

種下的第一天，爸爸就告訴小芬：

「這一株還小，我們要特別照顧她，要不然，怕活不成。」

爸爸早上澆水，給小蕉苗澆兩杓，大蕉苗就只澆一杓。

小芬說：「爸爸，這樣不公平呀，爸爸難道只疼妹妹，不疼姊姊嗎？」

「那兒的話，都一樣疼啊！」爸爸說。

「都一樣疼，怎麼姊姊只吃一碗飯，妹妹就吃兩碗飯？」

爸爸聽了，笑呵呵地說：

「這個不能跟那個比，這小蕉苗比較嫩，比較弱，需要更多的照顧，爸爸不是曾經說過嗎？大蕉苗長得已經壯了，自己可以照顧自己，我們不必為她多費心啦！」

小蕉苗在老爹的院子時，就生得一副嬌生慣養的脾氣，所以當王老爹把她挖起來，送給小芬的爸爸時，一再地交代，「大蕉」長得很好，「小蕉」麼，要多留意。

小蕉搬家到李家院子，聽到男主人一再說要特別照顧她，心裡很得意。說實在的，她那嬌小玲瓏的模樣，遠比粗拙的大蕉可愛多了。

大蕉差不多有小蕉的兩倍高，除了一根莖幹，頂頭的葉兒都砍光了，看起來是落魄得很。

「小蕉妹妹，」大清早醒來，大蕉就帶著微笑打招呼：「早啊，昨晚睡得舒服嗎？」

「哼！當然舒服，妳不想想我這塊地是鋤得特別鬆的？沒有瓦片磚塊小石子，又一大堆養料，說有多舒服，就有多舒服！」小蕉得意洋洋地說。

大蕉那塊地，沒小蕉那塊地好，雖然兩個是鄰居，才隔個三、四步距離，大蕉的待遇很平常，只有小蕉是特別禮遇。

「我倒是有點兒不舒服，好像小石頭擋了我的路，我的根沒地方伸。」大蕉說。

小蕉不屑地說：「我才不用伸長我的根哩，我的養分很夠。」她看到蝴蝶飛來了，忙著招呼蝴蝶，跟蝴蝶聊天兒，不理大蕉了。

大蕉的莖幹，看來像要焦了似的，她並不急著長出新葉子來，因為她知道，到了一個新地方，最要緊的是往下紮根，根紮得愈牢，站得愈穩。地底下有些小石子，她必須繞過來又繞過去，穿過小石子的縫，向四面、向下，迅速地把根伸展開來。

一個多月了，大蕉還是一副邋遢樣兒，小蕉卻飛快地抽出綠意，聽到主人在讚嘆，她更急著把一片小小的綠葉撐開，一片，再接著一片，四片葉子長出來了，微風吹來，綠葉子就迎風擺動，更顯得婀娜多姿。

小芬的爸爸很高興，只顧照料小蕉，而把大蕉疏忽了，尤其看到大蕉沒有一點綠的訊息，反倒從頂端似乎漸漸地枯萎，心想，也許大蕉快死了吧！就把希望都放在小蕉身上，給小蕉不斷地澆水，施肥，只在澆水時順便給大蕉一些水，聊盡心意而已。

「小蕉妹妹，根兒要長啊，別只顧長葉子啊，別貪吃肥料啊！」大蕉說得嘴唇都乾裂了，小蕉只是高傲地笑笑：「妳長不出葉子，就要我別長葉子，妳沒有養料，就要我別吃養料，多壞心哪，妳是在嫉妒我的好運吧？」

大蕉搖搖頭，嘆了一口氣。

一個夜裡，刮起一陣風。大蕉的根兒緊緊地撐住她的身體，沒有動搖半分，小蕉的葉子在一陣狂抖之後，被風吹折了兩片，身子也傾斜了。

「嗚——嗚——好痛哪！」小蕉哭泣著。

「別哭，小蕉妹妹，站穩一點！」大蕉大聲吼著。風聲呼呼的，更加猖狂。

「大蕉姊姊，救我——哇——」小蕉昏過去了。

天亮了，風也小了，小芬和爸爸從窗子向院子一瞧，小蕉渾身破破爛爛。

「完了，兩株都完了，唉，真可惜，小蕉都已經長了四片葉子了呢！」

爸爸請王老爹到院子來看，王老爹查看了一陣子，說：「放心，老李，還有一株活著。」

小芬驚訝地說：「王爺爺，您是說小蕉還可以再種嗎？」

王老爹笑著說：「不，不是小蕉，小蕉的根沒長好，葉也分散了，就算沒被風吹倒，將來也長不好的，大蕉的根伸得夠深、夠寬，一夜狂風都奈何不了她，再不多久，就會讓你們驚喜啦！」王老爹把小蕉剷掉了。

過不多久，果然大蕉莖幹頂端冒出了一點綠，一片葉子捲得緊緊地抽出來，不久就展開了，好大片好大片的葉子，兩片、三片、四片、五片，一株香蕉樹長成了。

黃昏的時候，爸爸抓了把椅子，在香蕉樹下乘涼。蕉葉在微風裡跳舞，爸爸的臉上有時遮著陰影，有時曬著陽光。小芬放學回來，也挨到爸爸的身邊，她歪著頭，想念起小蕉。

爸爸感慨說：「有的時候，外表並不能代表一個人的真正價值，像小蕉小時候表現得好，大蕉卻留在後來才表現出來。」

小芬說：「爸爸，這叫做『小時了了，大未必佳』，是吧？」

爸爸和小芬都嗤嗤地笑了起來。大蕉的葉子也沙沙地響著，好像在謙虛地說：「往下紮根，將來才能向上結果啊！」

（一九七四年十月・兒童月刊30期）

8 聰明的小螞蟻

很久以來，草原西邊角落的農莊加緊蓋個倉庫，最近終於完工了。

螞蟻怎麼知道那倉庫已經完工了呢？

當然，負責勘查的螞蟻看見農莊的人搬東西進去放了，雜沓沓地搬了一整天又一個上午，那種熱鬧的景象，使得勘查的兩隻螞蟻興奮得不得了。

「等那些工人都走了，就是我們的天下了！」螞蟻高興得手舞足蹈。

中午，倉庫的大門關上了，農莊主人咔嚓一聲上了鎖，把一門又大又重的鎖掛在門上，一串鑰匙叮噹叮噹地在農莊主人腰下響著。等那聲音漸漸走遠了，兩隻螞蟻很快地跑回去報告。

「喔，喔，好香，好香哪！」

才跑到半路，他們的同伴已經一路趕來了，雖然他們還不知道倉庫完工了沒有，可是陣陣的香味隨風飄來，那種氣味裡，有蔗糖的甜味，有蜂蜜的甘味，有鮮奶的乳香，又好像有……總之，那是很特殊的香味，一飄進他們的嗅覺裡，就像鼻子被一支大鉤子鉤住了，排成一隊，一路上嗅著，一隻接著一隻地往前走。

他們沿著草地上的小路走，到了倉庫旁，才發現倉庫比他們想像的還要大。帶頭的小螞蟻動作敏捷的沿著牆基繞了一圈，發現倉庫是圓形的，從牆壁到附近一圈的地面，都是水泥。如果想從牆腳牆縫鑽進去，是絕不可能的。

「我有辦法！」一隻小螞蟻挺身而出，他沿著牆壁往上爬，到了牆壁和屋頂相接的地方，找了好久，找到一個小縫，鑽了進去。

「大家快上來呀！這裡可以進得去了！」

地面上等待著的螞蟻都很高興，嗅著小螞蟻所走過的路線，跟了上去，翻過牆，再往下走，倉庫中央堆著黃澄澄、香噴噴、甜蜜蜜的不知名食物，口水都快流出來了。他們一面吞著口水，一面匆匆忙忙地爬到牆腳，一看，呆了。

一條又寬又深的大水溝！

溝裡的水在流動，有隆隆的聲音，水花在滾翻，下去準沒命。

繞著水溝走了一圈，找不到橋樑。好不容易進入倉庫了，可口的食物就在眼前，卻不能搬回去，連碰都不能碰一下，多可惜呀！

螞蟻們悵悵地又回到草地上。

「我還有一個辦法！」小螞蟻又叫了起來：「我們可以請土撥鼠先生替我們鑽地下道，從地下通過。」

「真是好辦法！」大家都很贊成，於是請土撥鼠先生來。

土撥鼠聞到倉庫裡的甜味了，他希望裡面也有他愛吃的東西，於是在水泥地旁邊鑽了一個地下道，鑽了幾步，碰到堅硬的水泥了，土撥鼠向上鑽出來，正好在水泥地邊緣，原來農莊主人很聰明，把倉庫挖了很深的地基，全部灌進水泥。

土撥鼠先生試了好幾個地方，都是一樣鑽不進去，這個辦法又失敗了，土撥鼠先生放棄了再鑽的打算，向螞蟻們道歉說：「對不起，我鑽不過去，我要走了，你們另想辦法吧，再見！」

土撥鼠先生走了，螞蟻們坐著發呆。忽然小螞蟻又拍起手來：「有了，有了，大家跟我來！」

小螞蟻帶著大家爬到屋頂上，想從屋頂中央下去。屋頂中央有一根大樑直直地往下，小螞蟻想：「這下走對了吧！」走啊走，突然碰了一個鼻子，跌倒在玻璃板上。

「這是怎麼回事？」不知道是什麼透明的東西，蓋住了整個的天花板，他們在那上頭走來走去，就是找不到通到下面去的路，不得已，又從屋頂爬出來。

「真是狡猾的農夫！」小螞蟻很氣憤地坐在草地上，大家聚在那兒七嘴八舌的討論著，一片亂哄哄，有的在嘆氣，有的在埋怨，有的安慰小螞蟻，也有的在動腦筋、想辦法。

「遇到困難，絕對不要灰心，冷靜地想一想。」蟻后的話好像在替他們打氣。每一次當他們要出來工作的時候，蟻后都這樣的勉勵他們，而他們一向都沒有遇到什麼較大的困難，只要聞得到的，一定搬得到，這一次太意外了。

「讓我再想想看！」小螞蟻邊想邊走，又爬上了倉庫，從第一次進去的地方鑽進去。他望著食物，望著大溝，望著透明的天花板，一個辦法又在他腦中形成。

「我們可以從這邊，從天花板的下面，到了天花板的底部中央，往下一跳，就到了食物上面了。但是……跳下去容易，怎麼上來呢？」

小螞蟻扶著腦袋在想：

「如果有繩子拉我們，或是有梯子讓我們走——啊！對了！」

小螞蟻跳起來，轉身往外跑，他叫著：「快去請蜘蛛大姐，快去請蜘蛛大姐！」

動作快的螞蟻立刻動身。在一株老樹下，蜘蛛大姐正悠閒地坐在網中，她剛織好了這個網，非常得意地在欣賞自己的傑作哩！

聽說螞蟻們需要她的幫忙，她離開了寶座，跟著螞蟻到倉庫去。

「哇！這麼漂亮的倉庫，我一定得在這裡佈置個別墅！」蜘蛛大姐進了倉庫，似乎對那個地方很滿意。小螞蟻笑嘻嘻地說明他的方法，聽得蜘蛛大姐直拍掌說好。

小螞蟻終究想出一個可行的辦法了，原來他要蜘蛛大姐借他兩把梯子呢！「沒問題，要最好的梯子，找我就對了！」蜘蛛大姐爬到天花板底面中央，吐出長長的兩條絲來，直達地面，在地面和天花板間，就有了兩條聯結的梯子了。

小螞蟻領著大家，小心翼翼地沿著梯子下來，扛了一團食物，又從另一條梯子上去，就這樣，一行往下，一行往上，川流不息。

大水溝的水花濺著，浪在翻騰，但是螞蟻在梯子、天花板、牆壁間來回了好幾趟，運走了豐富的糧食，大水溝只是「嗚哇！嗚哇！」地吼著，好像在替小螞蟻的快活歌聲伴奏呢！

（一九七四年十月．台灣新生報）

9 玻璃鳥

在愛南家的屋簷下，每年春天，就有燕子從北方飛來，築巢在那兒。

這一年，燕子又飛回來了，尋找牠曾經住過的地方。呢呢一家人很快地就在愛南家的屋簷下歇腳了。

有一天，呢呢飛行了一陣後，發現屋裡頭有一隻圓圓胖胖的小鳥兒正目不轉睛的注視她。她有點不好意思的，趕快理了理剛剛飛散的羽毛。

「我叫呢呢，我們做朋友好嗎？」呢呢臉紅紅的，但是她也很大方。

「呢呢？」屋子裡那隻胖鳥睜大烏亮的眼睛：「什麼是呢呢呢？」

「呢呢是我的名字，我是一隻鳥兒，你也是一隻鳥兒，你也有個名字吧？」

胖鳥兒傻呼呼地搖輕頭。

「別人叫你什麼？」呢呢細心地問他。

「愛南叫我『寶貝喃喃』，那……『寶貝喃喃』就是我的名字嗎？」胖鳥兒偏著頭想了一想，緩緩地，生怕說錯了似地把『寶貝喃喃』四個字講得清清楚楚。

呢呢跳了起來：「一定不錯，你的名字叫喃喃，我媽都叫我『寶貝呢呢』。」呢呢興奮得眼珠子發亮。她穿著黑色的外套，白皺紗襯衣，非常的古典。

喃喃穿著一身黑而亮的外套，亮得呢呢可以從他身上瞧見自己的樣子。

「愛南一定是你的媽碼吧？」呢呢說。

「不是的，我沒有媽媽，愛南是我的小主人，她只是一個小女孩，還沒有當媽媽。」喃喃說。

「可是，每隻鳥兒都有爸爸媽媽的呀，你怎麼可能沒有呢？」

「我也不知道。妳說，我也是一隻鳥兒嗎？」

「當然是的，我是燕子，你應該也是燕子吧，不過你吃得太胖了。」呢呢仔細地端詳喃喃。

喃喃很奇怪地搖了一下頭。他從來不吃東西的，自從愛南的舅舅把他送給愛南後，他還不曾張開過嘴吃過任何東西呢！不過他的身體的確是圓圓胖胖的。

他還在想著，呢呢伸開翅膀，搧了一下，叫喚他：「喃喃，出來吧！我們到外面去玩兒。」

呢呢說著，又搧了一下翅膀，她飛起來了，很輕巧地，姿勢非常優美。她轉身飛了出去，再一轉身，沒看見喃喃的影子，於是她又飛下來。

「喃喃，你不來嗎？」

「我？我不會呀！」喃喃努力地扭動身子，他圓圓的身體恰好蹲伏在一面鏡子前面，和一瓶縐紋紙花一同排列在書架上。從鏡子裡，喃喃看見掙扎得滿臉通紅的自己，脖子都脹大了，身體卻絲毫不動。他難過地垂下頭。他在那兒蹲了幾個星期了，從沒想過要動一下的。

呢呢詫異的飛到喃喃身邊一看，她呆住了，原來，喃喃不只是沒有爸爸媽媽，喃喃也沒有翅膀，沒有腳，尾巴也沒有開叉。他渾身光滑滑的，硬梆梆的，全是玻璃的

呢呢的眼裡，充滿了淚水，她心裡想：可憐的喃喃，沒有翅膀、沒有腳、沒有媽媽、沒有……啊，可憐的喃喃！

她把頭靠在喃喃光滑的背上，她把翅膀覆著他的身體，她把眼淚滴在喃喃的頭上，突然間，喃喃的心復活了，冰冷的身體也有了一點暖意。

從此以後，每天呢呢都要到喃喃的書架上來陪他，告訴他窗外新鮮的空氣，樹梢掛著一朵朵的白雲，各色的花兒，各樣的動物；她飛翔給喃喃看，唱歌給喃喃聽，有時也啣一朵小花進屋來，插在喃喃黑禮服的口袋上。

秋風吹起，鳥兒們收拾東西，又要準備大搬家了。

搬家很麻煩，很辛苦，但是為了躲避寒冷的天氣，鳥兒們只好整天趕路，飛呀飛的，要飛到

溫暖的國度裡去。

呢呢想起了不會飛的喃喃，心裡想：再過不久就冬天了，喃喃的身體一定更冰冷，我不能不走，我卻又不能走，喃喃不能沒有我，怎麼辦呢？

一隻黃鶯看見憂傷的呢呢，就問她有什麼煩惱。呢呢把這件事告訴黃鶯。

黃鶯說：「我倒有個建議，妳何不教他飛呢？趁現在趕快練習，到時候跟妳一起走，這樣不是很好嗎？」

「說的是，可是他沒有翅膀，我怎樣教他飛呢？」呢呢問。

「嗯，這也是問題，不過我想妳可以去問鳥婆婆，她見識廣，在一個叫『雨豆林』的地方隱居好多年了，如果妳能找到她，就請教她這個問題，說不定就完美地解決了呢！」

「啊，鳥婆婆，對了，我要去找她，謝謝妳提醒，再見，我馬上就去。」呢呢展翅向西南飛去，她的媽媽曾經說過有關鳥婆婆的很多故事，並且叮囑她，將來若發生問題，都可以去找鳥婆婆解決。

飛呀，飛呀，呢呢終於飛到了雨豆林，但不知道鳥婆婆住在那裡，她繞著林子不斷地叫喚：

「鳥婆婆，鳥婆婆——」

這時候排在第一批出發的鳥兒們已經動身了。呢呢好不容易才找到了鳥婆婆，把事情整個的告訴她。鳥婆婆的雙眼充滿了奇異的光彩，她問：

「孩子，妳真的要跟他一起飛嗎？」

「是的，我絕不忍心放喃喃獨自在那兒。」呢呢堅定地回答。

「妳想教他學會飛翔，是可以的，但是妳得付出極大的代價。」鳥婆婆說。

「不管付出多大的代價，我都不吝惜。」

「把自己的命送掉都沒關係嗎？」

呢呢吃了一驚，她沒想到代價竟是付出自己的生命。

「但是，」她想了一想：「有什麼不可以的呢？我一生飛得也很夠了，喃喃卻從來沒有飛過，如果能教他會飛了，我就是死了，也算很值得了呀！」

「婆婆，沒有關係的，告訴我吧！」

於是鳥婆婆就把方法告訴她了，然而當呢呢向鳥婆婆告辭時，鳥婆婆仍舊是勸她，嘗試前，要多考慮。

呢呢飛回愛南家時，天色已經很晚了，第二批的鳥兒們已經在那天早晨動身出發。呢呢的媽媽、爸爸、弟弟和妹妹為了等她，都留在第三批。

呢呢衝進愛南的屋裡，喃喃正睡著，兩眼掛著淚珠。幾天不見呢呢，又聽見鳥兒成群飛過的聲音，他以為呢呢一定也走了，長長的寒冬，留下他在等待。

「喃喃，喃喃，」呢呢飛到喃喃身邊，撫摩著他的背，輕輕的呼喚。她替他擦掉眼淚，耳邊又響起爸媽和弟妹的聲音：「呢呢，天亮就要快回來，我們得出發了！」

「喃喃，醒醒！」

喃喃眨了眨眼睛，醒過來，他驚喜地叫了一聲「呢呢——」再也說不出話來。

呢呢安慰他說：「喃喃，天亮了，我們一起飛走，我不會留下你，我要教你飛翔。」

呢呢伏在喃喃身上，把羽毛拔下來插成喃喃的翅，又在自己的心口啄了一個小洞，鮮血汩汩地流出來，滴在喃喃的身體上。

呢呢漸漸地昏眩了，但是她也漸漸地感覺到從喃喃身上傳過來的體溫，他身上也灌注了血液在流動，從肩的兩旁，柔軟的翅膀逐漸突起，長大，變成一對彩色的大翅膀。他們奮力一躍，雙雙浮了起來，把他們的軀殼拋在身後，跌碎在地上。

黎明的第一道曙光照射進愛南的屋裡時，愛南被一陣奇妙的音樂聲叫醒，她睜開眼睛，看見地上有一隻僵硬的燕子，和喃喃的碎片。

「噢，喃喃！」愛南拾起兩隻鳥，捧在手心，一陣悲傷，眼淚立刻湧滿眼眶。然而當她抬頭望向窗外時，却發現乘著曙光向外飛去的，正是喃喃和一隻燕子，肩併著肩，雙雙展開翅膀。

她走到窗前，朝外一看，簷前正飛過一群鳥兒，向著南方飛去。

「媽媽，我們不等呢呢了嗎？」燕子弟弟和妹妹問。

「她在那兒呢！你們看！」鳥媽媽抬起頭，仰臉向天：

「呢呢和她的好朋友就要飛到一個永遠溫暖的地方去了，我們走吧！」

「喃喃——」愛南向著天空呼喚。

當陽光普照大地時，呢呢和喃喃帶著他們的友愛和信心，已飛向天庭。

（一九七四年十一月．光啟少年月刊）

10

大個子黑熊

大個子黑熊，是森林裡的大力士。當他還是個嬰兒時，森林裡舉行「胖寶寶」比賽，象寶寶得了第一名，河馬寶寶是第二名，第三名就是熊寶寶了。

過了幾年，熊寶寶長得又粗又壯，大家都叫他「大個子黑熊」，他的力氣簡直要跟熊媽媽不相上下。熊媽媽很疼他，遇見鄰居，就誇自己的兒子高大英俊。

有一天，烏鴉媽媽飛到熊家，怒氣沖沖地說：「熊太太，你家大個子欺負我兒子！」說著，呱呱地哭起來。

「唉呀！怎麼回事啊！有話慢說，別哭，別哭。」熊媽媽說。

「大個子中午在我家樹下，徘徊了好幾趟，我飛出去找點兒食物，才離開，就聽見背後傳來嘩啦嘩啦的聲音，我的家從樹上摔下來，兩個寶寶都還不會飛，都摔傷了，嗚……」烏鴉媽媽傷心地說著。

「真是不幸，可是，那跟我家大個子又有什麼關係呢？」

「關係才大呢！是大個子惹的禍呀！他雙手抱著樹幹，拼命搖！」

「哦？」熊媽媽半信半疑的。

烏鴉媽媽還沒走，貓頭鷹公公跌跌撞撞地飛過來。

「這孩子，這孩子！」貓頭鷹公公氣咻咻地喊著：「熊太太，你說說看，這怎麼得了？」

熊媽媽疑惑地問：「怎麼回事呀？」

「我在睡午覺，大個子竟打起樹幹來，震得我的眼鏡都摔破了。」

「啊！啊？」熊太太很難為情地：「真有這回事呀？」

「哼！難道我說假話不成？我從來不說謊的。」貓頭鷹公公很不高興。

熊媽媽正要道歉，猴媽媽也帶著小猴子來了。猴媽媽氣得眼睛發紅，小猴子吱吱地哭著。

「熊太太……」猴媽媽才開口，熊媽媽就接著問：「唉，是不是大個子欺負了猴小妹呀？」

「就是啊！」猴媽媽開始告狀：「他踢倒了我家的香蕉樹，把香蕉當手榴彈，打得我們家小妹……」

熊媽媽心裡又是覺得抱歉，又是生氣——大個子怎麼到處欺負人？害她被告狀，真是丟臉！

可是大個子還沒回來，熊媽媽很難過地向他們道歉，喃喃地說著：「怎麼搞的，這孩子，一向不是很乖嗎？」

猴媽媽說：「這不是第一次了，我們已受了好多次欺負，實在忍不住才來告訴妳的。而且有一次，我還看見大個子在河邊踢烏龜先生，人家烏龜先生可是很斯文的喲。」

「還有一次哩！羊先生帶五個小孩散步，他就跟在背後作弄小羊們，幸虧羊先生頭上一對尖角，才把他給頂走。」烏鴉媽媽也說。

「熊太太，大個子最近是變了，我們來告狀，也是為了他好，希望妳能好好教導他，讓他再變好起來。」貓頭鷹公公語重心長地說。

熊媽媽到這時已經滿眼淚水，她的孩子變壞了，她卻一點兒也不知道，又失望，又憤怒。告狀的一個一個地走了，熊媽媽準備好棍子，站在門口等大個子回來。到了黃昏的時候，大個子遠遠地走回來了，邊走邊跳邊唱歌，愉快又活潑。

走到大門口，大個子沒發現媽媽的臉色不對，高聲嚷著：「肚子餓了，吃飯吧！」

「小熊，進去跪下！」熊媽媽吼著。

大個子一看，媽媽臉色發青，臉上滿是淚水，嚇了一跳。

「媽，我又沒怎樣，」大個子滿臉委屈：「為什麼要我跪下呢？」

「做錯了事還不承認，還嘴硬！」熊媽媽氣咻咻地，拿起棍子就朝大個子猛打，大個子大吃一驚，一面躲一面高聲哀求：「媽媽，聽我說，媽媽，聽我說……」

「不聽不聽不聽，你這壞孩子，真叫我丟盡了臉，我要打死你，打死你！打死你！」

熊媽媽氣昏了頭了，一下又一下，重重地打著大個子，大個子不得已，轉身向森林深處逃走了。

小熊一走，熊媽媽又傷心的哭起來。到了晚上，小熊沒回來，熊媽媽著慌了。

「孩子呀！孩子呀！回來呀！」熊媽媽請螢火蟲幫忙照亮路上，她一聲一聲地呼喚著，那聲音好淒涼，喊到最後，熊媽媽的嗓子都啞了，她還是不停地叫著：

「孩子啊！小熊！大個子，回來呀！」

天亮以後，森林裡傳遍了大個子出走的消息，每個人都加入尋找的行列，鳥兒飛到高處瞭望，猴子躍過一棵又一棵的大樹去尋找，蝴蝶專門找樹叢，啄木鳥和松鼠專找樹洞……

而小熊在哪兒呢？大個子竟從森林消失了嗎？

「啾！啾！啾！」一曲悠揚的鳥聲三重唱，在大個子的耳畔響起。大個子張開眼睛，看到一隻老黑熊站在他面前。

他想起昨天晚上，在森林裡漫無目標地跑，身上疼著，心裡更疼。然後他跑進一條陌生的路，一直跑到再也提不起腳了，才躺下去睡著。

他左看右看，啊！這是一個從沒有看過的陌生地方，就連面前的老黑熊，也是第一次看到呢！

大個子不敢開口說話，因為老黑熊正露出兇狠的眼光盯著他。

「站起來，孩子！」老黑熊蒼老的聲音，具有十分地威嚴。大個子這時才發現他身上蓋了一條樹葉被子，他很順從的掀開被子，站起來了。

「栗鼠夫人，請妳給他一些蜂蜜。」老黑熊忽然換了很柔和的聲音。一隻漂亮的栗鼠太太端了一盤蜂蜜來。

「鳥聲三重唱，請妳們唱一首增加勇氣的歌吧！」

老黑熊隱居很多年了，但是外邊森林裡的事情，他仍舊知道得很清楚，因為他所隱居的秘林，有很多神奇的花，能釀出最好的蜜來，蜜蜂常來採蜜。蜜蜂的來來往往，就給秘林帶來很多森林的消息。

天不亮就有趕早班的蜜蜂說，森林裡那個大個子黑熊出走了，不知走到那兒去。

老黑熊「唔」了一聲，心裡明白了八分。一定是栗鼠太太所發現的那個壯壯的「小子」了。

在隱居地，老黑熊年紀最老、個子最大、經驗最多、膽識最有，無形中成了領袖，可是他對鄰居非常親切。

「你是大個子吧？」老黑熊問小熊。小熊很害怕地點了點頭。

「你怎麼到這裡來的呢？」老黑熊又問。

大個子垂下了頭，想起昨天黃昏時回家，媽媽生氣地打他，他連晚餐都沒得吃，就一直跑……大個子哭起來了。

栗鼠太太急忙安慰他：「別哭，受了什麼委屈呢？告訴我吧！」

大個子嗚嗚咽咽地把話說完。

老黑熊說：「你知道媽媽整個晚上都在找你嗎？」

大個子搖搖頭，說：「不知道，我好想念媽媽，可是我不敢回去，媽媽會打我。」

「你一定做錯了什麼事，要不然，媽媽怎會打你？」栗鼠太太說。

大個子把頭搖得像浪鼓：「沒有，沒有，我沒有做壞事。」

「啊！孩子，」老黑熊很不以為然，問：

「你想想看，你是不是曾經踢了烏龜先生？你是不是曾經搖落烏鴉太太的家，摔傷了她的孩子？你是不是打過小羊，被羊先生頂回來？你是不是搖了大樹，摔壞貓頭鷹公公的眼鏡？還有……」

大個子的頭愈垂愈低，他的臉紅了起來了。

「你明明做錯了事，為什麼不坦白承認呢？有了過錯，只要肯改，不再犯，也就可以了，最怕的是死不認錯呀！」老黑熊說。

大個子說：「我覺得手癢，不出出力氣很難受，所以我才會去撞樹、踢烏龜，那樣我就舒服多了。難道我出出力氣，就錯了嗎？」

「出出力氣是可以，你的方式不對了，你要出力氣，不能傷害到別人。最好是對別人有好處，你自己也痛快，不能對別人有好處的時候，也不要給別人壞處才是，不能影響到別人，你懂嗎？」

「我知道了，可是我不知道該怎麼做才不會給別人壞處，我該做什麼事才能給別人好處呢？」大個子仰望著老黑熊。

「好吧！」老黑熊說：「讓我送你回家吧！我陪你住個幾天。栗鼠夫人，我過些日子還會回來的，請妳先照料一下吧！」

老黑熊帶著大個子，向著回家的路走去。經過大湖，經過岩石，經過沙洲，經過草原，經過濺起水珠的清溪，經過密密的竹林……大個子這才知道，一夜之間，他竟跑過那麼遠的路程！

熊媽媽累了一個晚上，鄰居們勸她別再出去找，該休息一下了

森林裡鬧哄哄的，都是在找大個子。熊家也亂紛紛的，有的來安慰熊媽媽，有的找一陣就來看看情況，又趕著出去找。

熊媽媽只能嚎——嚎——地乾哭著，已經流不出眼淚了。

「熊太太，真是對不住，我們只是來告訴妳，請妳注意大個子別變壞了，沒想到大個子卻……」猴媽媽很不安的搓著手。

「都是我自己不好，我不應該打他的，大個子從小就沒有爸爸，我應該好好的教導他，告訴他不可以那樣做，我沒有，我沒有告訴他，我只打他罵他，啊，是我不好啊，我的寶貝啊！」

熊媽媽沙啞的聲音引得猴媽媽眼眶紅起來，幾個來安慰熊媽媽的太太們都覺得鼻子酸酸的。

「他昨晚沒吃飯哪！我的孩子，一定餓壞了……」熊媽媽還在叨唸著，烏鴉媽媽忍不住哭起來了：「噢！這個孩子，這樣叫我們心裡多難過呀！」

幾個太太正哭成一團，一隻蜂鳥以最快的速度衝過來報訊：「大個子找到了！大個子找到了！」

「真的？在哪兒？在哪兒？」熊媽媽急切地問。

「還很遠呢！一隻老黑熊帶著他，正向這邊走過來呢！」

陸續的，很多鄰居都興奮地跑來說，看見大個子了。熊媽媽顧不得休息，趕到門外去等待。翹首盼呀盼，盼呀盼，大個子終於出現在眼簾，熊媽媽的眼淚又滾出來了。

「小熊！」熊媽媽哽咽著，張開雙臂，擁抱大個子。

「媽媽！」大個子含著淚，怯怯地喚了一聲：「我錯了！」

他們哭著，圍觀的朋友們七嘴八舌地勸著：「回來就好了，別再哭了。」熊媽媽止住了哭泣，擦擦眼淚，驀然發現站在小熊背後的，竟是隱居起來的熊爺爺！

「爺爺，怎麼會是您呢？是您帶小熊回來的，真是謝謝您了。」

老黑熊仰天大笑：「我正要誇獎妳，把大個子養得這麼壯呢！」

過了五天，老黑熊要回去了。五天以來，他不只教導了大個子，也教導了熊媽媽。

熊媽媽知道了，孩子不能太溺愛，平常的舉動要留意，並且要讓孩子做事，更要時常告訴小孩，什麼是「對」的，「對」的可以做，什麼是「錯」的，「錯」的就不能做。

大個子跟著老黑熊爺爺，每天出去學習，他學了不少技術，都可以幫他自己出出力氣。

譬如：伏地挺身啦、仰臥起坐啦、打掃森林廣場啦、替鄰居搬家具啦、蓋新房子啦……等等。

「熊媽媽，妳們家大個子……」哇！又有人來告狀了，哈哈！原來告的是：「大個子真是了不起喲！」

（一九七五年五月．台灣新生報）

11

新服裝和表演會

「天鵝服裝公司」推出了一套新裝，整個「綠野村」轟動起來。再過幾天，綠野村要舉行歌舞比賽，誰不想穿一套最流行的服裝去亮相呢？

兔媽媽帶著兔妹妹，到「天鵝服裝公司」去看新衣。鵝叔叔很熱心地帶她們看了很多套。

兔媽媽問妹妹：「妳喜歡那一套呢？」

兔妹妹搖搖頭，說：「這些都是去年的樣子了，我要今年出的那一套。」

鵝叔叔說：「今年出的這一套價錢很貴，而且……」還沒說完，兔妹妹就不高興地說：「鵝叔叔，你是怕我們付不起錢嗎？」

兔媽媽太疼愛兔妹妹了，就要求鵝叔叔把新衣服拿出來。

兔妹妹試穿了一下，因為她長得肥肥矮矮的，那件衣服的裙子一直拖到地上。

鵝叔叔說：「不是我說，實在是這件衣服太長了，妳不適合穿的。」

兔妹妹卻說：「我就是喜歡穿這樣長的禮服。」

於是兔媽媽就買下了。

猴太太也打算參加比賽，猴先生陪她去買衣服。

猴太太東挑西選，都沒有合意的。最後才請鵝叔叔拿那件新衣服下來。

鵝叔叔皺了皺眉頭，說：「猴太太，我看這些衣服都不錯，今年出的這套卻不適合妳，妳再往這些挑選吧！」他指著那堆衣服。

鵝叔叔把衣服取下來，讓她試穿，因為她太瘦了，那件衣服在她身上，就像一頂蚊帳似的寬大。

猴太太一心一意要來買最新的衣服，很不高興地說：「我喜歡穿最流行的。」

她跟猴先生說：「有飄逸的感覺，我喜歡，付錢吧！」

熊奶奶帶著孫女熊乖乖。

鵝叔叔找了許多特大號的衣服給她們看，乖乖看都不看一眼，只指著最新一款的衣服，說：「我要那一件。」

鵝叔叔嘆了一口氣：「乖乖，這件衣服的尺碼不合妳的身材的。」

「不，給我一件這種的最大號的，我看見兔子妹妹買了一件，我一定要同樣的花樣。」乖乖向熊奶奶吵著，熊奶奶只好買了。

長頸鹿伯伯、山羊爺爺、栗鼠媽媽、鴨媽媽、黃鶯阿姨……都帶著吵鬧不休的孩子來買一件新衣服。

鵝叔叔賺了不少錢，可是他卻高興不起來。

「真是胡鬧，怎麼看衣服漂亮就要買，也不管合不合身呢？聽說他們都要去參加歌舞比賽，到時候大家一問衣服都是我這裡賣出去的，我的名聲可就壞了！」鵝叔叔很傷腦筋。

正在發愁時，鵝媽媽帶了十四個可愛的女兒到店裡來了。

「鵝叔叔，鵝叔叔，我們來買新衣服。」小鵝們高興地叫著。

鵝叔叔看到他們，就開心起來，立刻把新衣服搬出十四套來，每人穿了一套，不大不小，不寬不窄，恰恰好。

原來「天鵝服裝公司」這次推出的新衣，是專為小鵝設計的。

鵝叔叔向鵝媽媽訴苦，他怕那些趕時髦的兔妹妹、猴太太……等，壞了他公司的名聲。

這件事很傷腦筋哪，不過鵝媽媽終於想出了一個辦法。

歌舞比賽的日子到了，鵝媽媽帶著服裝整齊的十四個孩子去參加，鵝叔叔也載了一個大箱子跟在後面。

歌舞比賽是綠野村的大事，綠野村的村民不但全部來參觀，還寄出許多邀請卡，請別村的親戚朋友來參觀，「森林電視公司」更派專人前來做實況轉播。

選手們群集在選手室裡，那裡充滿了興奮、緊張、焦灼的氣氛，因為電視的轉播，他們將會成為森林裡的名人，但是萬一表演得不好，就要出洋相了。

選手室裡，兔妹妹的裙子在「擦地板」；猴太太像「晾衣服」的竹竿；熊乖乖身體被衣服綁得像只粽子，緊得喘不過氣來；長頸鹿小姐才尷尬呢！她不斷地拉著太短的裙擺，坐也不是，站也不是；黃鶯小妹身材嬌小玲瓏，穿的卻笨重無比……他們都為了穿最新流行的衣服而忍耐著。

鵝媽媽帶著鵝孩子們做了一場賽前表演，她們跳的是團體舞，變化多，姿態美，更令觀眾讚美的是優美的服裝。在蟋蟀樂隊和青蛙鼓隊的伴奏下，鵝孩子們獲得了如雷的掌聲。

接著是所有的選手要上台抽籤，這些緊張的選手上了台，觀眾立刻靜下來，瞪著奇怪的眼睛，也忘了拍手。

選手們聽不見台下有任何聲音，更加緊張起來：兔妹妹一跛一跌的，老是踩到自己的裙子；猴太太覺得衣服似乎溜得歪一邊了，東扯扯，西拉拉，渾身不自在……看到台上那副怪樣子，小松鼠不由得吱吱大笑，惹得大家都笑起來。

選手抽好籤，又是鵝小孩們表演，這次換成「水上芭蕾舞」，觀眾都看得如醉如癡。趁這個時候，鵝媽媽和鵝叔叔走進選手室。

「諸位選手們，不要太緊張，那一位有什麼問題，譬如頭暈啦、噁心啦、口渴啦、扣子掉了啦，儘管提出來，鵝叔叔將盡力幫助各位，為各位服務。」

鵝媽媽宣佈完，熊乖乖立刻舉手：「鵝媽媽，我的衣服太緊了，綳掉了好幾個扣子。」

鵝叔叔打開大紙箱，拿出一件衣服，說：「妳先換上這一件，我來替妳縫扣子。」

熊乖乖換了衣服，覺得舒服多了。

這時鵝媽媽指著鏡子說：「我覺得妳穿這件比剛才那件漂亮得多，妳自己看看吧！」熊乖乖一看，果然漂亮，又舒適。

「我可以借這一件上台嗎？」她向鵝叔叔請求，當然，鵝叔叔很大方地答應了。

鵝叔叔又拿了一件給兔妹妹，因為她想把裙子弄短一點。

兔妹妹穿了鵝叔叔「借」給她的衣服，也不想換回來了。

鵝媽媽乾脆宣布，凡是服裝穿得不舒服的，通通可以換一件。

剎那間，選手們都擁向鵝叔叔，鵝叔叔一件一件地把衣服拿出來：這是小袋鼠的，這是長頸鹿的，這是猴子的……每個選手都穿上了自己該穿的衣服。

等到她們的節目開始時，因為服裝穿得舒服，大家都表演得很不錯，電視轉播出去，只見到個個選手都很生動地表演著，獲得一致的讚美。

現場的觀眾都以為剛才抽籤時，是選手們故意穿滑稽的衣服耍噱頭呢！

（一九七五年七月．中華兒童園地）

12 花墻裡的扶桑花

一陣春雨過後，一棵小扶桑甦醒了，她伸了伸腰肢，打個長長的呵欠。

「多美妙的夢啊！睡得真舒服！」她睜開眼睛，開始打量四周。睡了長長的一覺，醒來的第一件事，就是先認識環境，然後看看遼闊的藍天。

她看了看右邊，右邊有許多枝椏交叉的小樹。再看看左邊，也是枝椏交叉的小樹。抬頭看天，啊，真是不太妙，只看到幾塊「零碎」的天，那些枝椏交叉的小樹交叉到她的頭頂上去了。

小扶桑有點兒洩氣，她的「鄰居」太靠近了，對她來說不太理想，尤其是頭頂上像撐著一把傘，使她見不到陽光，更是糟糕。

「不過，還好，我總算醒了，沒有死掉，而且前面有水溝，後面是空地，這些條件都還不錯。」她自己安慰著。

「樹哥哥，你好。」小扶桑向右邊的小樹打招呼。

右邊的小樹瞪了她一眼，一聲不響。

小扶桑聳了聳肩，轉向左邊，向左邊的小樹問好。

左邊的小樹瞅了她一眼，也不理睬。

小扶桑心裡有點難過，她想：「他們大概不太歡迎我，要不然就是正好情緒不好，所以不願理我吧！」

一陣微風吹來，小扶桑露出笑臉，喚著：「風阿姨，風阿姨！」

風阿姨張大了眼睛，四處張望了一下，才發現小扶桑躲在花牆裡。

「妳怎麼住在這裡呢？這個環境不太好吧？」風阿姨親切地回答她。

小扶桑開心極了，總算有風阿姨親切地跟她說話了。她悄悄地在風阿姨的耳邊說：「我一醒來就在這裡了，不太好，也不太壞，總要適應下去，我的鄰居都不理我，怎麼辦？」

風阿姨說：「喔！妳的鄰居呀！妳得叫她『花牆』，她才會回答妳。」

「哦？她是花牆嗎？」小扶桑驚奇地問。

「是的，她會開出許多像小燈籠似的花，滿片滿片的，空地後面那屋子的小孩都很喜歡她。」

「喔！」小扶桑應了一聲，回頭去看空地後的屋子。

那是一間宿舍式的老房子，梳著馬尾的小女孩剛好跑出來，邊跑邊叫喚著：「英英、貞貞，快來呀！」

又有兩個小女孩跑出來，跑到花墻前，停住了。

「這裡有一朵。」英英發現了，伸手摘下來，小扶桑看見她手裡拿著一盞橘紅色的像燈籠般的花，花蕊吊在下面擺蕩，可愛極了。

「啊，好美呀！」小扶桑不禁讚嘆了一聲。

風阿姨走了，小扶桑支著頭，想了一想：「怪不得她不理我，我叫她樹哥哥，她當然不開心了。我應該叫她花墻姊姊。」

小扶桑怯怯地叫了一聲：「花墻姊姊，妳好。」

花墻這才看了她一眼，輕輕地「哼」了一聲。

「妳來這裡幹什麼？」花墻不客氣地問她。那口氣真像在下逐客令。

的確也是的，這兒是整片的花墻，中間凹了個小洞讓小扶桑住，看起來不太自然，可是，又有什麼辦法呢？誰叫花墻要缺了那麼一角呢？就是因為花墻有了一個缺口，老屋子的女主人才找來一棵扶桑補在那兒——這些事，花墻和小扶桑並不清楚。

花墻只是生氣她的地盤被「不同類」的佔據了一塊，小扶桑只好逆來順受。

陽光灑下來，都叫花墻給擋住了。

「花墻姊姊，我好冷，分給我一點陽光吧！」小扶桑在陰影裡求著。

「哼！有本事，自己要。」花墻不客氣地回答，不但不讓開一些，反倒把枝椏交叉得更密。

太陽公公看了很不服氣，他是很公正的，他希望他的光線能普照大地，能幫助所有的植物。

「小扶桑，抬起妳的頭來，伸展妳的臂膀！」太陽公公叫著，把金色的光芒，盡量射透過交叉的枝椏，灑在小扶桑身上。

小扶桑覺得全身暖洋洋的，不由得更抬高了頭，伸展了臂膀。

五月裡，花墻開滿了花，一盞盞的小燈籠，迎風輕擺，吸引了許多小孩的注意。他們到花墻下遊戲，摘下小燈籠掛在洋娃娃的小床上，或把小燈籠的花心部分摘下一個三角形的東西，綠綠的，黏黏的，點在鼻尖做小丑。

孩子們玩得開心極了。

「哼！妳一點用處也沒有，只是分去了我的營養而已！」花墻驕傲地看著小扶桑，斜著眼睛說話。

小扶桑受了花墻的影響，有時也心灰意冷。

每當小扶桑垂頭喪氣時，風阿姨就來搖搖她的肩頭，太陽公公也用響亮的聲音叫喚她，有時請雨伯伯來給她洗洗澡，振奮她的精神。

但是看到小孩子都喜愛花墻，沒有人注意到她，她總是很傷心。

「不要那樣，小扶桑，妳的營養足夠的話，也會開花的。」

有一天，風阿姨告訴她一個好消息。

「真的嗎？」小扶桑的眼睛一亮：「我的花漂不漂亮？像不像花墻姊姊的花？」

「妳一定會開花的，不過妳的花跟她的花不同，妳的花是向上開的，她的花是向下垂吊著。」

小扶桑滿懷著希望，等待開花的日子。

花墻知道了，不斷地笑她：「啊哈！妳也會開花呀？妳那麼小，要開幾朵才夠看呀？」

小扶桑不理會她的嘲笑，努力的吸收營養，準備花苞，到了六月裡，小扶桑開花了！

她開了一朵粉紅色的、很大的花，差不多有燈籠花的五倍大。

雖說她只開一朵花，但是花瓣卻大得很吸引人。

花墻看到了，就伸開枝椏去擋著。

「當小孩子們來到我身邊遊戲的時候，他們會看不到妳的花！」花墻不懷好意地說。

但是小孩子來了，她們銳利的眼光發現了花墻裡，有一朵奇異的花。

「媽媽，媽媽，快來看！」她們呼叫著，媽媽出來了，小扶桑勇敢地挺著胸膛，仰起臉，她的眼裡含著喜悅的眼淚。

「啊！終於開花了！好漂亮喔！」媽媽把花墻伸出的枝椏撥開。

小孩子拍著手說：「比吊燈花還漂亮，媽媽，您看，花心還有一顆珍珠呢！」

小扶桑喜悅的眼淚，在陽光下一閃一閃地發亮。

為了要讓小扶桑好好地生長，媽媽拿了一把大剪刀，把花墻亂伸的枝椏都剪掉了。

小扶桑努力的，準備再開一朵花，再開一朵，再開一朵，她不再寂寞了。

（一九七五年八月．中華兒童園地）

13 一棵怪樹

春天來了。

在我們這個四季長青的寶島上，一年到頭綠油油地，什麼時候才叫做「春天來了」呢？單看樹葉的樣子，可不太容易分得出來，只能說，穿大衣的時候是「冬天」，過完了新年，把大衣脫掉了，那時候就開始算是春天吧！

春天啦！可不是嗎？校園的空地上新添了許多棵樹苗，一棵，一棵，好害羞、好安靜地站著。

林主任、老師和工友忙了一陣子，才使這許多許多新樹苗各就各位。每天清早，小朋友喜孜孜地提著一桶一桶清水，一下，兩下，潑灑在樹苗的根部。

「你們要好好照顧新朋友，他們才會快快長大。以後，有的會長成美麗的小樹，有的會開漂亮的花，使我們的校園更加可愛。」林主任在朝會的時候告訴同學。

誰不希望自己負責照顧的朋友長得漂亮？

王老師帶領五年壬班的小朋友去認識他們的新朋友。

「一對一的對應！」李正文很快地跳到一棵樹苗的面前，笑嘻嘻地叫著。

「我來對應這棵樹。」張仁心也笑咪咪地站另一棵樹的前面。

一個人負責一棵樹苗，一長排的新樹苗很快都有了主兒。林小中摘下帽子，唱著：

「樹朋友，我們行個禮，握握手呀，來猜拳……」

林小中彎了彎腰，伸出右手，當真要跟樹握手似地，王老師緊張地叫了起來：

「喂，喂，喂，別搖它呀，根還沒有長好呢！」

林小中嘿嘿地笑著伸出左手，讓自己的右手握住，用力晃了兩下，好像兩個親熱的好朋友正在熱情地握手。

大家認識了自己的樹後，都覺得很高興，只有汪雨杰的心裡不痛快。他嘟著嘴，看著面前的新樹苗，心裡在盤算著：「明天早晨，我要牙疼。後天早晨，我要腳痛。大後天早晨，我要……嗯，我要借不到水桶。再下去嘛，我要頭昏——可是我天天生病，老師會發現的。好，頭昏完了隔天，我就澆一次水吧！然後再接著肚子疼……」

汪雨杰瞇著眼，懷著心事跟大伙兒回到教室。張仁心興高采烈地計畫明天要起個大早，第一個到學校來，到教室放下書包後，立刻提一桶水去看新朋友。汪雨杰心想，有什麼好高興的？每天早上澆水，累死人了！

樹苗有了足夠的水分，在陽光下甦醒了，伸出有小小綠芽的手臂，向上伸展。李正文總是等同學澆好水回來後，才去澆水，他一棵又一棵地邊走邊看，就像在看班上的每一個同學。

「糟糕！『汪雨杰』太乾了！」他發現汪雨杰的樹垂頭喪氣。

「汪雨杰，你快乾死了！」他趕快回到教室去找汪雨杰——哇！正懶洋洋地趴在桌子上。

「嗯，我……頭昏，」汪雨杰擡了擡眼：「我頭昏，今天不澆水了，明天才澆吧！」

「明天才澆，你的樹一定渴得很難受。」張仁心帶著責備的語氣說。

「才不會呢！我反正已經三天沒澆水了，再拖一天又有什麼關係？」汪雨杰賴皮地聳了聳肩。

第四節是體育課，激烈的躲避球賽剛完，大家熱得滿臉通紅，渾身臭汗。

汪雨杰走過圍牆邊，看見他的樹。

「我渴死了，要去喝水。你別裝出可憐兮兮的樣子，我告訴你，我就是討厭給樹澆水，你最好靠自己去吸水，我不會管你的，明天早上我要牙齒痛，嘻！」

汪雨杰擦著汗走過去。很不巧教室裡的茶水被同學搶喝光了。

他很渴，可又不敢亂喝生水。

忍耐！忍耐！再忍耐一下子吧！等一下值日生應該會補水來了！

忍耐！忍耐！再忍耐一下……

他伸出手臂，呻吟了一聲：「哇！好渴，好渴呀！」

伸出的手臂忽然僵硬，向上仰的脖子也轉不過來。

「怎麼一回事呀？」他想叫，「怎麼一回事呀？」他在心裡一遍又一遍地叫著，儘管用盡了力氣喊，還是聽不到自己的聲音。他的眼睛只能看著正前方和左右方一點點，再也看不到其他的地方。

他的前方是惡毒的太陽，柔嫩的手現在是深咖啡色的粗皮，扭曲著伸在眼前。

「我是怎麼一回事呀？張仁心、李正文，你們到哪裡去了呀？」

他的心裡急得很，越急，越覺得渾身僵得難受。他向左方瞥了一眼，哇！不得了，他的樹，他的那棵樹雙手交叉在胸前，咧著嘴在看他。

「喂，喂！」汪雨杰叫了兩聲，可是沒有發出聲音。他覺得兩眼熱辣辣的，眼淚快流出來了。

「喂！你怎麼樣了啊？」那棵樹竟知道他在叫，開口說話了。

「你不是我的樹嗎？」汪雨杰在心裡問。

「那是以前的事吧！現在，大概不是吧！你看，現在說你是一棵樹還差不多。」

「什麼？難道我現在像一棵樹嗎？」汪雨杰嚇了一跳。

「像？你不就是一棵樹嗎？我倒覺得你這棵樹很不像樣哩！你呀！你的心有點爛了，怕活不了多久了！」

汪雨杰一聽，憤怒起來，想把雙手縮回來抓一下鼻子，摸一下頭，然後磨磨拳頭揍面前的小子一拳——想得可容易，渾身卻絲毫動彈不得。

「汪雨杰，到這邊來，那裡太熱了！」太好了！是張仁心的叫聲。

「好！」汪雨杰心裡答著，卻擡不起腳來，只聽到咚咚咚的腳步聲。斜眼一看，糟了，糟了，他的樹跑到陰涼的教室邊，和張仁心站在一起。張仁心還眉開眼笑地看著樹，似乎沒有發現他面前的是「冒牌貨」，真的汪雨杰還站在太陽下發昏。

「張仁心，你是不是瞎了眼？」汪雨杰咬牙切齒地在心裡吼。他們走了，互相搭著肩，在李正文的招手下，走了。遠遠地，飄來冰淇淋的甜味，冰冰的、香香的。他閉起眼，回味在陰涼的走廊上，吹著涼風、吃著冰淇淋的情景。

「我一定是頭昏了，我……一定是在做白日夢，我是汪雨杰，不是一棵樹……我早上還向媽媽說再見，剛才明明還在球場上打球，打中了很多人……我是我們那一隊的主將，靠我的技術才贏的……我還抓了手帕擦汗，對，手帕，手帕一定還在右邊的口袋裡，如果我的手能彎下來，我可以掏出來證明……」

「哈哈哈！你何必那樣胡思亂想呢？」旁邊的一棵樹搖擺著身子大笑。

「你是張仁心的樹！」他大叫起來，奇怪，他聽到自己的聲音了，一陣嘎吱嘎吱的聲音，就是那個意思，他聽得懂那陣聲音的意思。就像張仁心的樹發出的聲音一樣。

「你是汪雨杰的樹，對不對？你一定是太氣他了，才會希望自己不是樹。」張仁心的樹已有茂密的綠葉，說起話來，搖頭擺尾。

「可是，我是汪雨杰呀！我……」

「算了，算了，你的運氣實在太糟，碰到那個懶惰蟲，連早晨澆一桶水都不願意。他要是勤勞一點，你也不會乾渴得像神經病一樣啦！你真可憐，你快焦了！」

張仁心的樹把樹枝低低地垂下來，露出同情的樣子。

汪雨杰恨恨地說：「你才是神經病，我明明是汪雨杰！」他不滿的眼光望向天空，渴求天空忽然變色，下陣雨，好讓他涼快涼快，清醒清醒。

「我閉上眼睛，休息一陣，醒來時，一切都會回復原狀的……」他閉上眼睛，希望自己能睡一覺，可是一陣昏眩，覺得渾身發軟。

「水！水！」汪雨杰不自覺地呻吟。

「可憐哪！」旁邊的樹傳來聲聲嘆息。

「我好渴，給我水喝，給我水喝啊！」他的喉嚨乾得連舌頭也轉不來了。

「唉！真是可憐，那個混蛋汪雨杰……怎麼忍心呢？」

旁邊的樹憐憫地看著他。

一陣雜沓沓的腳步聲傳來，汪雨杰勉強睜開眼睛眼。眼前是一片金黃色的光圈，金光刺得他的眼睛好痛。他皺起眉頭，瞇著眼，認清了走到面前來的人，是張仁心、林小中、李正文，還有，那個混帳的汪雨杰，冒牌貨！

「林小中，你的樹真棒，都有花苞了，再不久就會開花，你的樹是第一名！」李正文豎起大拇指。

林小中笑得合不攏嘴，很客氣地說：「那裡，那裡，你們的樹才棒呢！」

「嘿！汪雨杰，你的樹太不夠意思了，到底是死的還是活的呀？一片葉芽兒也沒有。」李正文摸了摸快枯乾的樹。

那個混帳汪雨杰，居然面不改色，說：「我，一見你就討厭，再見你更傷心，想要我澆水，除非等我的頭髮、鞋子全痛過了，再也找不到東西好痛時。」他邊拍著手邊唸著，好像在數來寶，還有板有眼的呢。

「哈哈哈！」他們走了，他們笑嘻嘻地走了，汪雨杰痛苦地看著他的好朋友們擁著那個冒牌的混蛋走了，一線生機又消失了。他仍然是渾身僵硬，不能動彈。

「喂！汪雨杰！你給我回來！」他扯緊喉嚨，嘎嘎地吼叫。

「怎麼樣？你不服氣嗎？」那個汪雨杰真的又回來了。

「你把我當做什麼東西？就算我真的是你的樹好了，你不給我水喝嗎？你存心要把我渴死嗎？」

「哈！我沒空呀！我前天頭昏，昨天肚子疼，今天牙齒痛，明天腳痛；後天嘛——鼻子痛；再大後天嘛！啊！我想，天會下雨吧，你等著，大後天就有水喝了。

「等到大後天，我已經死了，我等不及了！」汪雨杰痛苦地哀求：「給我水吧！一點點就好，現在就給，拜託，拜託，高擡貴手！」

「不行！我不想動。」

「汪雨杰，你真是那樣懶惰，那樣沒有人情味嗎？」汪雨杰責罵著自己。

「我明明是人，卻變成了樹；他明明是樹，卻變成了我。他變成我，可以，但是品行應該改一改，不能學我一樣，連我假裝頭昏腳痛也都學會了。他難道不知道，我沒有水是多麼痛苦嗎？」

「我怎麼會變成樹的呢？我不能就這樣下去。我一定要伸伸手腳，扭動身體。我不能被種在這裡，一定要動。現在開始動，用力扭腰，用力把手屈起來，用力把腳拔開，用力！用力！用力！用力—」

「哇！」腳動了，手動了，汪雨杰激動地哭出聲，熱淚一下子迸出眼眶。

「老天爺！我不是樹啊！我是人啊！」他大叫著，奔向陰涼的地方，坐在草地上，摸撫著手臂，摸撫著雙腳。淚眼中，看到圍牆邊，好險！那個假的汪雨杰已經又站在那裡了。他的手扭曲著伸向天空，不再抱在胸前。他定在地上，靜靜地，不再發出嘲弄的笑聲。

「汪雨杰，教室裡有涼開水了，給你一杯！」張仁心端著一杯水走過來。

「謝謝你，你剛才有沒有跟我在一起？」他接過了水，遲疑地問。

「剛才？沒有呀！我跟值日生到廚房去提水。你一定是熱昏了，看你滿頭大汗，快把汗擦了吧！」

汪雨杰的右手伸進右邊褲袋裡，果然抓出了手帕。

他擦了擦汗，把杯子端起來，放在唇邊，正想一口氣喝光，驀地，他的樹在他的眼裡清晰起來，他聽到他的樹乾啞的嗓子在呻吟：「給我水，給我水，我好渴呀！」

涼開水才沾到唇，他捨不得喝了。他很快地跑向他的樹，把涼開水澆在樹的身上。

「汪雨杰，中午不能澆水，明天早上才澆吧！」張仁心也跑過來，他想不通，怎麼不愛澆水的汪雨杰忽然變了，把自己渴得急著要喝的涼開水給樹喝。

「不，我下午就要來澆水，等會兒，陽光弱些了，我就要來澆水。」汪雨杰看著他的樹。

張仁心笑嘻嘻地撫著汪雨杰的樹，說：「你的頭不昏了嗎？腳不痛了嗎？好好澆水，你的樹就會長出葉子來。」

汪雨杰的臉紅了。不過，這件事只有他和他的樹知道，他當然不會告訴別人。至於他的樹嘛！或者會跟張仁心的樹聊聊天，可不會再讓人家看笑話了！

（一九七六年七月．小讀者月刊）

14 六個小葫蘆

三月裡，小荷的爸爸播下了葫蘆的種籽，辛勤灌溉，細心照顧。

那年夏天，碩大的蔓藤爬滿了角鋼棚子，到了秋天，葫蘆結果實了，一顆顆小葫蘆掛在棚子下，吸引了許多大人、小孩來看，就是過路的人也停下腳步，欣賞一番。

二十多個葫蘆，有的被蜜蜂叮了，還沒有長大就壞掉；有的被螞蟻佔據，裡面的瓢肉變成螞蟻的糧食；有的在鮮嫩可口時被煮成菜湯。到最後剩下十來個，又被爸爸東送一個，西送一個，送得只剩下六個。

爸爸教小荷處理葫蘆的方法：先用小刀刮掉乾的外皮，然後用砂紙磨光，塗上亮光漆。如果喜歡的話，可以先塗上廣告顏料，再上亮光漆。

小荷費了很多天整理。有一個個兒比較小巧玲瓏的葫蘆，她取名字叫「趙飛燕」；另一個胖胖身材、細腰肢的，就叫「楊貴妃」。爸爸說過，趙飛燕、楊貴妃是古時候的美人，一個瘦，一個胖，有「燕瘦環肥」的說法。爸爸還說，她替葫蘆取這兩個名字真妙。

脖子長長的那個小葫蘆，叫做「長頸鹿」；上邊兒小，下邊兒大，身子有點傾斜的那個，像穿著蓬裙子在跳舞，名叫「芭蕾」；顏色較淡白的一個，叫做「小白臉」；還有一個全身斑點，怎麼刮都刮不掉的，理所當然地得到「阿花」的名字了。

他們一起住在小荷的鋼琴上。伴著他們的，是一個小荷親手做的緞帶花籃。

「住在這兒真舒服呀！小荷是一個好孩子，才會有這麼漂亮乾淨的房間。」楊貴妃瀏覽著屋子內的各種擺飾。

趙飛燕身材輕巧，聲音也輕脆：「他們都是好人，好人才這樣的。」

「誰是好人？」阿花四面張望：「好人是怎樣的呢？」

趙飛燕白了阿花一眼：「當然是小荷和她的爸爸啦！爸爸是好人，才會給小荷這麼好的地方住；小荷是好人，才會給我們這麼好的地方住。你們說，是不是？」

「我說呢！阿花真是土裡土氣的！」芭蕾斜著眼睛看阿花，好像她自己很高貴似的。

小白臉也說話了：「哈！我想阿花大概不知道我們住的這鋼琴是什麼東西吧！」

長頸鹿很不服氣地插嘴：「我看是你自己不知道吧？你倒說說看，你對鋼琴懂多少？」他是站在阿花這邊的。

「告訴你們，說到這鋼琴，只有我才配知道的，」芭蕾搶著回答：「鋼琴是用來唱歌跳舞的。小荷彈鋼琴，就是叫鋼琴唱歌，手指頭就在鋼琴的牙齒上跳舞，懂不懂？」

大夥兒「嘻——」地笑了起來，楊貴妃和趙飛燕揉著腰，小白臉笑得臉發紅，還「嘖！」了一聲：「別臭美了，只有你才配知道？笑話！咱們的經歷半斤八兩，誰也不比誰更內行啊！」

長頸鹿和阿花輕輕地笑著。

不管他們懂不懂這叫鋼琴的東西，總之，他們從絲棚子移到竹竿上晒乾，再遷到鋼琴上，鋼琴就是他們的家了。站在鋼琴上，還可以眺望到窗外他們昀老家呢！

一天，小荷跟著爸爸走進來，站在六個小葫蘆面前，東挑西撿，一下子摸摸楊貴妃，一下子搖搖長頸鹿，有時抓起趙飛燕摸摸腰，最後抓起阿花，把她帶出去了。

「果然，阿花太土氣了，不配住這裡呢！」芭蕾注視著爸爸的背影說。

不多久，傳來「嘎吱嘎吱」鋸木頭的聲音。

過了一會兒，小荷匆匆跑進來，在抽屜裡找到一個塑膠袋，又匆匆地跑出去。

後來，阿花回來了。好慘啊！頭頂被切開，肚子裡的東西也被掏光。

小荷把阿花放在桌上，就出去了。鋼琴上的五個伙伴默默地看著她，長頸鹿忍不住，叫了一聲：「阿花……」

阿花顯得疲倦又懊喪，難過又害羞，頭還昏沉沉的。她知道她已經完了，再也不會被放在鋼琴上，跟五個伙伴在一起，很可能下一步，會再被鋸掉一截，或是被丟到垃圾筒裡去。

阿花掩著臉，傷心地哭著，悲傷的空氣在屋子裡流動。長頸鹿也哭了，楊貴妃、趙飛燕、芭蕾、小白臉的眼睛都紅了。再怎麼討厭，看到那麼悲慘的下場，也會不忍心的啊！

「再見，阿花，我們會想念妳的。」芭蕾輕輕地啜泣。

「再見了，再見了。噢！我們要失去一個伙伴了！」小白臉無限感慨。

黃昏時，小荷和爸爸走進屋子裡來，小荷打開鋼琴蓋，彈了一首輕快的曲子，她的小手在琴鍵上快樂地跳舞，還跟著哼旋律。

小葫蘆們很快地又快樂起來，忘記在一旁悲傷的阿花，小荷的爸爸帶走阿花了，他們只輕輕地揮一揮手告別。

天黑了，大家快樂地互道晚安，甜蜜地睡了一覺。

等到晨曦透過紗窗，照進小屋時，他們睜開惺忪的眼睛，準備再過一個新的美好的日子。

這時，一件讓他們驚訝的事發生了，楊貴妃最先叫了起來：

「哇——嚇人哪！這醜八怪是哪來的呀？」

「這不是——」長頸鹿睜大了眼睛，驚喜的呼喊著：「阿花，阿花，阿花回來了！」

阿花羞答答地站在鋼琴上。原來昨天深夜，小荷的爸爸又帶她回來了。

小荷的爸爸用強力膠把鋸掉的蒂頭，又黏在阿花的頭上。黏接的技術不太高明，歪了一邊，方向也反了，使得阿花看起來很不對勁兒。

「怎麼變得那麼醜呢？」芭蕾他們都嚷了起來。

長頸鹿很不以為然的說：「阿花能夠再回來，我們應該歡迎她。」

「可是她變得那麼醜哇！」趙飛燕翻著白眼說。

「她總是葫蘆呀！就算她更醜一點，也是我們葫蘆呀！」長頸鹿可真的生氣了。

「哼！我們不是向她說再見了嗎？」小白臉表示意見。

芭蕾說：「本來就很土了，現在更糟糕；跟我們站在一起，真丟我們的臉。」

阿花垂著眼睛，一聲不響。這種時候，辯解有什麼用呢？

長頸鹿不斷地替她說好話，使她很感動。可是這一來，連長頸鹿都得罪他們了，脾氣暴燥的芭蕾乾脆提起腳來，狠狠地踢了她一下，害她差點跌下去。

「對不起……」阿花驚惶地看著長頸鹿。

長頸鹿站穩了腳，挺了挺脖子，深深地吸了一口氣，再緩緩地吐出來，一字一字地說：「該說對不起的，很多個，但不是妳，是那些沒有『葫蘆』味的壞蛋！」

阿花很難過。她真想立刻離開，躲到一個沒人看見的地方去。

日子一天天過去，塵埃飛過來，敷在小葫蘆們的身上。小荷看見了，拿出紗布，輕柔地抹去灰塵，使他們又乾淨又閃亮。

幾個葫蘆的位子換來換去，阿花若是挨著長頸鹿時，心情很愉快，若是挨著其他的伙伴，可就難受了，不是冷諷熱嘲，就是整天翻白眼不跟她說一句話兒。

有一天，幾個小朋友們到小荷家來，他們參觀了院子的花草，又進到屋子裡，準備欣賞小荷彈琴呢！

才走進屋子裡，大家的眼光都被六個葫蘆吸引過去了。

「好可愛的葫蘆哪！」他們跑到鋼琴前，一個一個地欣賞。

小荷很開心地向大家介紹說：「這一個是楊貴妃。」

「啊，真漂亮，就是太胖了些。」他們不客氣地說出評語。

「這一個是趙飛燕。」

「哇！真是可愛極了，不過太小了。」

「這個是小白臉。」

「哈！名符其實，白蒼蒼的，應該塗些顏色才好看。」

「這是芭蕾，你們看，像不像跳芭蕾舞的？」

「啊！可惜這一個長得不太正，還好歪得不難看。」

「這是長頸鹿。」

「這個最漂亮，其他的脖子都太短，不好看，脖子長才好看。」小荷的朋友小達仔細看長頸鹿，好像很內行。

另一個朋友秋兒指著阿花，問小荷；「這個是怎麼了呢？」

小荷說：「這個是阿花，她身上的斑點是天生的，刮不掉，爸爸鋸開她的頭部，把裡面的種籽都掏出來。你們不要小看她哦，肚子裡裝了五百多顆種籽呢！」

小荷說著，把阿花拿下來，抱在懷裡，愛憐地撫摸著：「我最喜歡阿花了，她做了最重要的事。」

阿花在小荷的懷裡，露出欣慰的笑容。

秋兒接過阿花，也學小荷的樣子，抱著她，輕柔地撫摸著：「摸起來真舒服，妳最喜歡她，為什麼拿走她的種籽呢？這樣切開，不是比較難看嗎？」

小荷說：「爸爸說，阿花的種籽最成熟，最好，要播種就要用她的種籽，才會長得好。」

秋兒說：「這切口不好看。我這裡有一條粉紅的細緞帶，給她打個蝴蝶結，好不好？」

「好呀！」小荷高興地接過細緞帶，在接合的地方打了一個蝴蝶結，剛好把接歪的地方遮住了。

「好好看哦！好好看哦！」秋兒高興地拍著手。

小荷把阿花放回鋼琴上，阿花的一邊是長頸鹿，另一邊是小花藍，她的臉笑著，眼淚卻又盈滿了眼眶。阿花不知道自己為什麼哭起來了。

「阿花，我真替妳高興，妳漂亮極了！」

長頸鹿的聲音也很激動：「別哭了，阿花，妳該大笑的。」

「我是太高興了，長頸鹿，你不知道我有多麼高興，我以為我是最不好的，才會被挖掉種籽，我以為我長得最醜，才會被切掉蒂頭，那裡知道……那裡知道……」阿花說著，又哭了。

那四個小葫蘆，訕訕地站在一旁，批評的話說不出口，好話也說不出口，難堪得很。

阿花的蝴蝶結在微風中飄動，長頸鹿的脖子伸得更長。

「如果我有一支小喇叭，」他心裡想，「我要為阿花滴答滴答地吹得響亮！」

（一九九七年八月．小讀者月刊）

15 真正的花

小珍的書架上，有一朵絨布做成的玫瑰花，鮮艷的顏色在陽光下更是耀眼。

書架的另一頭兒，放了一個細長脖子的白磁花瓶，裝著清水，插了一朵含苞待放的紫菊花。

紫菊花的花瓣本來是向上圍著，漸漸地開放了，花的形狀愈來愈大，玫瑰花看了，覺得很驚奇。

「妳會變魔術嗎？」玫瑰花問紫菊花：「為什麼愈來愈大呢？」

「我不會變魔術，我只是在開花。」紫菊花搖了搖頭，微笑著說。

玫瑰花不知道「開花」是什麼意思，因為她自己從被做好以來，一直都是一個樣子，不會變小一點兒，也不會變大一點兒。

「我們的生命是很奇妙的，最初是一顆種子，發芽，長出嫩莖和根，長出小葉子，然後就像妳認為的變魔術一樣，嫩莖由細變粗，小葉子也變大又變綠，接著就長出花蕾，變成一朵花，剛開始只是小小的花苞，慢慢就長大，綻放，妳說有趣不有趣？」紫菊花解釋自己的現象。

玫瑰花聽得發呆了：「我也是花，為什麼不是那樣有趣呢？」

紫菊花看了她一眼，說：「因為妳是布做的，我才是真正的花啊！」

「喔！那……妳會開到多大呢？最後又會變成怎麼樣呢？」

「啊，妳可能不太了解，是這樣的：我從花苞到完全開放，大約一兩天的時間，然後我會維持大約兩三天，不再大了，接著就開始枯萎，然後掉落。」

「什麼？枯萎！掉落！怎麼掉落呢？妳是說，就要不見了嗎？那多可怕啊！」玫瑰花驚叫起來：「那不就是死了嗎？」

「對，算是死了。」紫菊花很坦然地說：「但是我不覺得那有什麼可怕，妳要知道，我是有生命的花，我的生命中曾達到過最輝煌燦爛，也是花開得最美麗的時刻，我就對得起我的生命了。我的生命有過價值，不需要活得很久。而且，妳知道嗎？生命的意思就是有出生、有長大、有死亡，然後有下一代，又再生、再長大、再死亡，再有下下一代。這樣一代傳一代，實際上也等於我沒有死，這樣，妳了解嗎？」

「嗯……我不太懂，我寧可像這樣，一直到永遠永遠。我想這一點，妳比不上我，妳是短暫的，我是永久的。人們欣賞妳，只有短短的幾天，我卻永遠不變，永遠保持最美麗的姿態。」玫瑰花說。

「嗯，我卻是寧可生命短暫而光輝，不願做沒有生命、一成不變的假花。」紫菊花冷靜地回答：「我是香的，不是無味的。」

紫菊花熱烈而開心的開放著，每一分鐘都有一點點的改變，也都有不同的風采。她展露著笑靨，把香味散到四方，開成一朵最漂亮的花兒，然後，從最外圍開始，一瓣一瓣的，輕悄悄地，掉落在書架上。

小珍把長又細的紫色花瓣撿起來，夾在書頁裡，讓書頁也留下菊花的清香。

紫菊花雖然凋落了，但是她生命的顛峰——盛開的時刻，已經像閃電一樣，刻劃在人們的心版中，永遠的記憶著。

（一九七七年七月・國語日報）

16

害羞的青青

青青長到兩公分長了，有一天，一隻大青蟲看到她，笑著說：「妳的樣子真醜，又是紅，又是黃，又是黑，又是毛刺，妳的名字應該叫花花，叫醜醜，我才能叫青青呢！」

青青難為情地垂下頭，看著自己的身體，傷心了一整天。太陽下山了，太陽又出來了，青青還是很難過。太陽下山了，太陽又出來，青青知道太陽下山了很多次，又出來了很多次，可是她只想著一件事：

「……我應該叫花花，叫醜醜，我長得醜極了，我是一隻難看的小毛蟲……」

青青天天想著，身體不再長了。她胖不起來，高不起來，她很害羞地躲在小榕樹上，讓許多榕樹的葉子蓋著身子，她住的地方，就像一個小小的樹葉洞。

有一天，一隻小鳥飛到小榕樹上，停了一下，立刻飛走了。小鳥兒回頭拋下一句話：「真可笑，我看過多少榕樹了，從來沒有看過像這棵這麼不像樣的，請我多停一下，我都不願意。」

小鳥兒飛走了，小榕樹搖搖身體，搖搖樹枝和樹葉，傷心起來。太陽下山了，太陽又上山了，太陽爬上爬下好幾次，小榕樹都不管，他只是想著：「我是多麼不像樣啊！我簡直不能叫做樹……」

他想著，想著，不再長了，好傷心啊！他想著，想著，身體漸漸瘦了，小了，他變得又瘦又矮。他一直往下縮，住在樹葉洞裡的青青也只好跟著變小。當小榕樹變得跟花圃裡的玫瑰一樣高時，青青小得只剩一公分了。

「對不起，小青青，我好傷心，我不敢露出臉。」小榕樹很害羞地垂著眼皮。

「那裡，那裏，我才不好意思哪！我是那麼醜……」青青很難為情地鈎著頭。

他們就這樣留在花圃裡，跟玫瑰花成了鄰居。青青覺得這樣也不錯，她能夠躲在樹葉洞裡，偷偷地欣賞玫瑰花。

一天，一隻過路的貓咪，踏著輕盈的腳步，在玫瑰花身邊打轉。他看起來很神氣，大大的眼睛，圓圓的臉，發亮的黑毛。他打量了玫瑰花好半天，說：「算了！我沒見過這樣莫名其妙的花，我不懂開這種花有什麼意思，無聊透頂！」

玫瑰花一直以為自己很漂亮，聽到黑貓的話，大吃一驚。她的臉漲紅了，又羞又氣。太陽下山了，太陽又上山了，過了一天又一天，她的心裡老是記著：「……我開的花一點意思也沒有，無聊透頂……」

她想著，想著，愈來愈覺得害羞。

她愈來愈不好意思擡起頭，把自己縮起來，愈縮愈小。

整個花圃也跟著變小，小榕樹和青青也只好再變得更小些。到後來，他們都變得好小好小，小得只好搬到圖畫紙上去，成了圖畫裡的東西。青青的身體不到半公分長，瘦得像一條細線。

圖畫貼在牆上，上面除了花圃，還有一個水池，池子裡有幾條彩色的魚。青青覺得，這樣也不錯，她可以躲在樹葉洞裡，瞧瞧可愛的玫瑰花，又瞧瞧可愛的魚。

有一天，一個小小的女孩子走過來，看到圖畫。她停下腳步來看，看得很仔細，她明亮的眼光像一對探照燈，把圖畫紙上的每個角落都照到了。

她看夠了，露出微笑，讚美地說：「這是誰畫的？畫得真棒！那些彩色的魚，我真喜歡耶！」

彩色的魚聽到了，心裡很高興，忍不住搖頭擺尾，快樂地游起水來。

水池裡藍藍的水，被彩色的魚鑽來鑽去；覺得好癢，好舒服。藍水高興起來，忍不住左搖右晃，把水花濺得到處都是。

快樂的水花噴到玫瑰花的臉上，像許多亮晶晶的珍珠。玫瑰花全身沾了藍水，心情好了，把臉擡起來，張開眼睛，張開嘴巴，張開她的雙臂，把香味向四面撒出去。

好香，好香哦！

小榕樹聞到了香味，精神一振，伸伸腰，拍拍葉子，沙沙沙沙地唱起歌來。他那快樂的歌聲震動了密密的樹葉洞，「啪！」一聲，掉下來一個怪東西。

「什麼東西呀？」彩色的魚問：「能不能吃呀？」

「我看該先洗一洗，讓我來好了。」藍藍的水說著，搖擺著想衝出水池。

「嗨，別急！我想我知道這是什麼東西。」玫瑰花趕緊伸出葉子來，擋住藍藍的水。

可是，遲了一點兒，水珠還是灑了一些出來，噴在怪東西身上。怪東西嚇了一跳，跳起來又跌下去，跌破了。

「咦？妳是誰呀？」大家都瞪大了眼睛。

「唉喲，好痛啊！」從怪東西的尖端，爬出來一個怪物。那怪物搖搖擺擺的，好像不會走路。不一會兒，情況不一樣了，怪物搧了幾下翅膀，飛起來了。

「哇！好漂亮的蝴蝶！」那隻蝴蝶全身震動了一下，飛到水池上，池裡的水不敢動，彩色的魚不敢游，都靜下來。蝴蝶在水面看見自己的影子。

「好漂亮的蝴蝶喲！」她自己大叫了一聲，翩翩地跳起舞來。

她舞得高興，彩色的魚也高興地游，藍藍的水也高興地盪，紅紅的玫瑰花露出甜美的笑容。那棵小榕樹在唱歌、拍手的當兒，發現他們都變大了，大得不能住在圖畫紙裡，他們就衝出去。

水池跑到花圃中間，安頓下來。

玫瑰花和花圃，在水池旁邊安頓下來。

小榕樹衝出花圃，到他從前住的地方，長成了大榕樹。

只有那隻害羞的蟲——可愛的青青，小榕樹怎麼想也想不通，她到底到那兒去了？

「妳知道嗎？從前我們有一個朋友，她很好，很可愛，可是她太害羞了，所以她不見了。」小榕樹告訴小蝴蝶。

「她是不是叫做青青？」小蝴蝶偏著頭問。

「是呀！妳怎麼知道她的名字呢？」小榕樹說，「我好懷念她，她不應該太害羞，她應該像妳一樣快樂才對的。」

「你把我當作青青，不就得了！」小蝴蝶很調皮地飛上飛下，身上紅紅藍藍的彩色，在陽光下好迷人。

小榕樹迷迷糊糊的，不過他似乎覺得，好像看到小蝴蝶載著青青，一起在空中翩翩地遨遊呢！

（一九七八年四月．小讀者月刊）

17

停電的晚上

蟋蟀先生買了一座彩色電視機回來了。

「萬歲，爸爸萬歲！」小蟋蟀們高興歡呼。

「哼！我就知道你們腦子裡想什麼！」蟋蟀先生說：「從今天起，卡通時間別再往別人家跑了！」

「當然，當然，在自己家看就行了嘛！」蟋蟀老大說：「爸爸早就該買了，我們到別人家去看，心裡頭還滿不自在的呢！」

蟋蟀媽媽說：「這樣也好，每個人家都有電視，咱們家不買的話，也說不過去。」

有了電視機以後，晚上的時間過得就快了。

六點鐘不到，小蟋蟀們已經守在電視機前，扭開了開關的按扭，等待卡通節目。「草原電視公司」播放「螞蟻流浪記」、「森林電視公司」播放「小松鼠」、「高山電視公司」播放「小烏龜飛天」，這台看完了再轉另一台，幾首卡通片的主題曲唱得連蟋蟀先生也會哼。

這種時候要叫小蟋蟀洗澡吃飯，那真比登天還難。蟋蟀媽媽只好利用這段時間準備晚餐，讓小傢伙們安心看個痛快。

接著該吃飯了，電視機沒有休息，節目還很多，蟋蟀先生要看新聞報導，蟋蟀小妹要看歌星唱歌，蟋蟀媽媽喜歡看一點連續劇。他們乾脆在電視機前開飯。

「老二呀！吃菜呀，別直盯著螢光幕看呆了！」蟋蟀媽媽給蟋蟀老二挾菜。

「小妹，快嚼呀，怎麼整碗飯都還在？」蟋蟀爸爸也幫著催促，要不這樣，恐怕一個晚餐吃兩個鐘頭還解決不了。

「咚咚蚊香，沒什麼煙，沒什麼煙，」廣告插進節目裡了，蟋蟀老三接著唱：「咚咚蚊香，點很久，點很久……」

「唉呀！今天該誰洗碗啦？」蟋蟀媽媽一面收拾，一面問。

「該大哥，昨天是我洗的！」蟋蟀老二趕緊大叫。

「該我就該我，快快快！」蟋蟀老大利用廣告時間洗碗，嘩啦啦啦，兩三下就大功告成，那管碗盤是不是乾淨了。

「老二先去洗澡！」爸爸下了命令。啊，不行，節目又開始了，得等下一段廣告時間了。

「卡通餅乾，真好吃，小朋友，快來買，送太空玩具，多買多送……」很可愛的小蟋蟀童星，在電視裡吃得卡卡響，還拿起太空玩具來招招手，嘿，蟋蟀老三果然上鉤了，立刻吵著爸爸給他買。

「那種餅乾不好吃呀！」蟋蟀媽媽首先反對。

「我才不管它好不好吃，我要太空玩具嘛！」老三嘟著嘴。

「老大，老二，功課做完沒有？」蟋蟀爸爸趕緊換個話題。

「哈，老二的習題還沒寫完，我的寫完了！」老大得意極了，果然，老二被趕走了。

「這個歌星真差勁。」蟋蟀媽媽一面看一面批評，忽然覺得眼皮有點澀澀的，忍不住打了一個呵欠，抬頭看看壁上的時鐘，哇，真快，已經十點半了，再不上床，隔天早晨起不來的。

唉，一天又過去了，好像什麼事也沒做到……那些連續劇實在沒什麼意思，扭來扭去的歌星，也沒什麼好看，可是……大家一坐到電視機前，就像生了根似的，釘在椅子上，一個節目接著一個節目地看下去，老大老二老三的功課都退步了，小妹學那些歌星唱些不三不四的歌曲……

蟋蟀媽媽想著，想著，覺得這樣下去真是糟糕。

一天晚上，蟋蟀媽媽下定決心，不去坐在電視機前了，她收拾好餐桌，老二趁廣告空檔趕緊洗碗時，老大去洗了澡，接著她一個一個催促洗澡、整理功課，當大家都忙完了該忙的事，準備好好地看電視時，忽然……

「拍！」地一聲，啊！停電了！

「哇！連續劇快開始了呀！」蟋蟀媽媽在黑暗中叫了一聲。

「停得真不是時候。」蟋蟀先生的聲音也在黑暗中響起：「熱死了，冷氣機也停了，電扇也不動了。」

「要停多久呢？」小妹摸黑找到蟋蟀媽媽，趕緊抱住媽媽。

「我也不知道，我看，客廳裡太熱了，我們到院子裡去等，好不好？」蟋蟀媽媽提議。

也只好這樣了，大家都到院子裡去，搬了四張小凳子，一張可以躺的涼椅和一張搖椅。

蟋蟀先生躺在涼椅上，看著天空。漆黑的夜空中，明亮的星星一閃一閃的，一彎月芽兒，像隻金色的香蕉船，在夜空中搖盪。

「你們看，天空好多星星。」蟋蟀爸爸仰望著天空說。

蟋蟀媽媽坐在搖椅裡搖著，看著滿天星斗，想起小時候唱過的兒歌，不由得唱了出來：

「一閃一閃亮晶晶，滿天都是小星星……」

蟋蟀老三說：「我也會唱，我唱，我唱！」

「嗯，我也會唱。」蟋蟀爸爸說著就接唱下去，蟋蟀老大、老二也跟著唱了，唱完了，大家都高興得拍起手來。

蟋蟀小妹站起來說：「我還會表演。」

雖然停電了，在屋裡時覺得一片漆黑，但是到院子裡坐了一會兒，月光、星光，使得院子裡有一片柔和的光線，並不覺得黑暗。蟋蟀小妹的表演，大家都看得很清楚，蟋蟀爸爸說：「小妹表演得真好，比電視上那些亂扭亂跳的好看得多了！」

「我想起小時候，常常這樣看星星。」蟋蟀媽媽說：「那時沒有電視機，也不裝冷氣機，全家只有一台電扇，也很少用，晚上外婆就帶我們兄弟姊妹到院子裡，鋪上大草蓆，躺在草席上看星星，扇子是用椰子葉鞘剪成的，扇起來又涼快又舒服。」

「哎，對，我小時候也常在院子裡乘涼，大人就講故事給我們聽，嘿嘿，單是星座的故事就講不完哩，老大，你知不知道北斗七星在那裡？」

蟋蟀爸爸想起小時候的事，就想起從前生活在一起的親戚：「我最早認識的星，就是北極星，那是你們的七叔公教我的，那位七叔公哪……」

蟋蟀爸爸很風趣的介紹小時候所知道的親戚，不像平常那樣嚴肅。

蟋蟀媽媽乾脆搬了大蓆子出來，鋪在地上，一家人都躺在蓆子上，爸爸教老大老二認識天上的星星，媽媽和老三、小妹說故事、唸童謠、唱兒歌……

「咦？蟋蟀先生，好久不見了！」遠遠地，一些星星從天上掉了下來，噢，不是星星掉下來，是螢火蟲一家人，正在散步呢！

螢火蟲爸爸說：「我們每個晚上都出來走走，散散心，就是一直沒看見你們，怎麼樣？晚上在外邊兒乘乘涼，不錯吧？」

螢火蟲媽媽說：「剛才看到大青蛙一家子，在池塘邊練合唱，我覺得一家人一起唱歌，真是美極了！」

螢火蟲姊姊也說：「金龜子那一大伙人，不是都在路燈下跳舞嗎？綠色的舞衣，閃閃發光，真是迷人。」

「真的？」蟋蟀爸爸喃喃地說：「自從買了電視機，裝了冷氣機，我們都把自己關在家裡，連晚風是什麼味道都快忘記了。」

「對啦，以後晚上少看電視，出來乘涼，散散步，唱唱歌兒，看看星星，也可以省電哩！」蟋蟀媽媽說。

就在月光下，蟋蟀先生臨時召開一個家庭會議，他們決議通過，以後要讓電視機多多「停電」，到屋外享受天然的「冷氣」，同時闔家練習演奏他們拿手的小提琴，當「草原晚會」舉行時，他們也可以大顯身手，風光一番了。

蟋蟀媽媽心裡偷偷地笑，這一次停電，只不過是她把家裡的電源總開關拉開而已，以後倒可以大大方方地宣佈停電了。

（一九七九年九月．時報周刊）

18

好馬阿邁

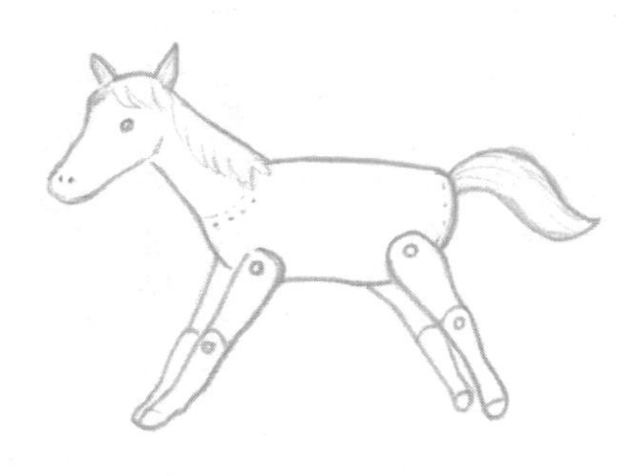

鐵馬阿邁在老師傅的巧手下誕生了。一塊厚厚的鐵板彎成半圓形，拱起來的地方是馬背，凹的地方就是肚子，四根鋼筋彎成脖子，脖子上端是一個長長的馬臉，鼻子和嘴合成一個大圓形，兩個小鐵環當眼睛，往上點還有兩只耳朵。馬背後面，用三根鐵條彎成有波浪的尾巴，肚子下接著四條腿。然後老師傅又銲了一個長方形的鐵架，鐵馬阿邁凌空跨在架子上，四個鐵鉤鉤住。

安安看到惠惠的好馬，很想騎一騎。

美美看到惠惠的好馬，也很想騎一騎。

但是惠惠不放心，她怕阿邁被騎壞了：

「阿邁是我的馬，別人不能騎他。」

說是惠惠的馬，阿邁同意，說別人不能騎，阿邁就不太同意了。阿邁喜歡奔跑，可是惠惠每天都有「一千件」事要做，搖搖阿邁只是其中一件而已，她不能一整天騎在阿邁背上。

「阿邁！阿邁！」老師傅的徒弟阿利騎在馬背上，向前搖，嘴裡「阿邁，阿邁」地喊著，鐵馬阿邁就在架子裡前前後後地晃起來。

「好舒服呀！阿邁！阿邁！真是好馬！」惠惠的爸爸走過來，非常欣賞堅固的鐵馬，很快的跟老師傅商量好，把阿邁買回家了。

阿邁住進新的家裡，惠惠成了他的好朋友。惠惠說：「阿邁，你現在是我的馬。」客廳不大，不能讓阿邁整天待在那兒，惠惠的爸爸想把阿邁搬到院子裡去。

「不行，不行，會被偷走。」惠惠反對。

「那就放在車房裡吧！」媽媽提議。

車房就車房，阿邁住進了新的地方，窄窄小小的，動也不能動。

惠惠每天只搖那麼幾下，一個人騎也很沒有意思，爸爸媽媽懶得每天抬進抬出的，漸漸地，阿邁被冷落了。每天早晨，惠惠的爸爸進來推摩托車出去時，看他一眼；黃昏時摩托車回來了，推進車房時，又看他一眼。惠惠的爸爸只是搖搖頭，有點後悔買了阿邁回來佔地方。

阿邁等待著，慢慢地失望了。他開始不高興，接著生氣起來。生氣也沒有用，阿邁傷心了。

「唉，老師傅，可愛的阿利，你們在那裡？」阿邁把長臉靠在牆壁上，一陣心酸，不由得哭了。

「喂，喂，你哭什麼？」頭頂上有個尖細的聲音在問。阿邁眼睛向上一看，原來是一隻暗灰色的小老鼠。

「我不喜歡住在這裡，好無聊。」阿邁說。

「你以前住在什麼地方？」小老鼠沿著牆柱溜下來，跳到惠惠爸爸的摩托車前邊車燈那兒，脫下小帽子，一鞠躬說：「我叫吱吱，不管你怎麼想，我覺得這裡相當不錯，我們幾個朋友都喜歡這裡，阿絲，小虎、彰彰，你們出來吧，跟新朋友聊聊嘛！」吱吱喚著。

「ㄙ——」什麼東西從上面掉下來了？正好掉到阿邁眼前停住。阿邁定睛一看，嚇，是一隻長腳的蜘蛛，一條銀色發亮的細絲從天花板上掛下來。

「嘿，你好，我叫阿絲。」長腳蜘蛛笑著打招呼。

「呃，呃，我是小虎，請多指教！」一隻灰白的小壁虎不知從那兒鑽出來的，就在阿邁的鼻尖那兒吐著舌頭。

「我就是彰彰，大個子，你叫什麼名字呀？」阿邁覺得背上癢癢的，回頭一看，是一隻咖啡色的、有兩條細長觸鬚的蟑螂。

「大家好，我叫阿邁。」阿邁怯怯地說。

「阿邁，你渾身硬梆梆的，一定很厲害吧？」小虎跳上阿邁的耳朵。

「阿邁，你看我表演『壁虎功』！」小虎說著，很快地爬到天花板上，四隻腳上的吸盤吸住天花板，肚子朝上，背部朝下搖著尾巴，扭著身體，一步一步地走著，忽然「拍！」一聲，小虎摔了一跤，從天花板上摔到地上。

「唉呀，小虎受傷了沒有？」阿邁焦急地喊叫起來。

吱吱、阿絲和彰彰都笑了，小虎一下子就躲到車下去，接著說：「真不好意思，我又失足了！」

阿邁看到小虎逗人的模樣，不覺得也笑起來，心裡不再那麼難過。

吱吱表演「門牙功」給阿邁看，把木頭柱子啃掉一塊。阿邁驚奇地說：「真了不起。」因為阿邁肚子空空，沒有牙齒，什麼也不用吃，也不會吃。

「我能從柱子跟牆壁間的小縫鑽出去，這是我最拿手的，阿邁，看著！」彰彰說著，扁扁的身體向壁縫一鑽。

「咦？怎麼不見了？」阿邁眨了眨眼睛。

「在這兒呢！哈哈！」彰彰從另一面牆壁縫鑽出來，得意地揮動觸鬚。

「我的本事也不錯，阿邁，我會織網，而且我要織一個漂亮的網送給你。」

阿絲上上下下的打量阿邁，最後決定在阿邁的脖子上織個像領花似的網。阿絲像個細心的裁縫師，在阿邁的脖子上忙了大半天，一針一線都不馬虎。

「真漂亮，阿絲的網佩在阿邁的脖子上，真漂亮！」朋友不住地誇獎，阿邁的臉紅了，心裡像一鍋沸騰的水，滾動、滾動、滾動，他高興地笑著，眼淚却忍不住又掉下來，這一回的眼淚是熱的呢！老師傅和阿利，暫時丟到腦後去了，「大家對我真好。」每天阿邁都這樣想。

日子一天天的過去，惠惠的爸爸放暑假了。不必騎摩托車上班，就不必天天去開車房的門，連「看一眼」阿邁的那一眼也沒有了。

天天困在屋子裡，骨頭好像僵硬了，尤其是朋友們也不能時時刻刻陪著他——人家也有正經的事兒要辦，找吃的啦，休息啦，聽見人的腳步聲，還忙著躲一躲呢！阿邁漸漸地，又想起老師傅來，想起阿利徒弟。「唉，如果還在老師傅那兒的話，阿利會天天騎著我搖吧！」

越想越消沉，越傷心，阿邁笑不出來了。

「阿邁，笑一笑吧！」吱吱勸他，阿邁搖搖頭。

「阿邁，我變魔術給你看，注意哦，我要不見了喲！」彰彰故意提高了觸鬚，裝著很有趣的樣子，可是阿邁不笑。

「阿邁，我織一個很大很大的披肩網給你，好不好？」阿絲很溫柔地說。阿邁搖了搖頭。能到外面去動一動才好，披肩有什麼用？

「啊，阿邁，看小虎表演好了，小虎呀，爬上天花板去摔下來，摔得好笑一點，快，快！」吱吱催促著小虎。小虎急急地跑上天花板摔下來，一次又一次，甚至都摔在阿邁身上了，阿邁還是不笑。

「可憐，阿邁生病了！」彰彰很擔心地看著阿邁。

「我沒有生病，我只是想出去，在這裡我笑不出來的，我快悶死了。」阿邁聲音又小又低。

吱吱的眼珠子靈活地轉了又轉，轉了又轉，想到一個辦法。他張開嘴，在阿邁身上咬了幾口，把塗在阿邁身上的防銹漆咬落下來。

然後他要阿絲拼命織網，從耳朵到嘴巴，從脖子到腳，從肚子到尾巴，到處掛著蜘蛛網。接著要小虎把尿啊、屎啊，都拉在阿邁身上。

阿邁不知道吱吱搞什麼鬼，他氣壞了，大叫：「你們幹什麼欺負我？」

吱吱沒說什麼，這種情況下是有理說不清的，他叫彰彰到外面去。「一定要讓惠惠的爸爸看見你，知道嗎？」吱吱再三叮嚀。

彰彰就在門把那兒招搖，當惠惠的爸爸走過車房時，彰彰還跑上跑下的，引惠惠的爸爸注意。

惠惠的爸爸看見一隻蟑螂，鑽進車房裡去。

「真氣人，還慢條斯理的，回頭看一看才鑽進去。」

惠惠的爸爸抓了枝棍子，打開車房門，哇！蟑螂跑到阿邁身上了，一棍子打過去，「拍！」蟑螂逃得真快，可是惠惠的爸爸也發現，阿邁身上髒得嚇人，掛滿蜘蛛絲，還被什麼咬掉了防銹漆。

「這怎麼行，放在這兒會銹掉的。」惠惠的爸爸叫惠惠：「妳還要不要阿邁？要的話跟爸爸一起整理，不要的話，還給爸爸。」

要也好，不要也好，反正都得聽爸爸的了。

惠惠跟爸爸把阿邁清理乾淨，搬到院子裡去，右邊有桃樹，左邊有玉蘭花，後面有芒果樹，前面有攀上高枝倒垂下來的絲瓜藤。

惠惠的爸爸又買了幾桶油漆，給阿邁漆上紅紅的頭，白白的嘴，藍藍的眼睛，米黃的脖子和尾巴，棕色的身體和腳，綠色的架子。

阿邁容光煥發，嘎吱嘎吱的，從早搖到晚。附近人家的孩子們，安安啦，美美啦，還有許多小孩子和大孩子，都來拜訪阿邁，騎著阿邁，就像騎著真馬一樣，向前奔喲，向前跑，前前後後的搖晃。有些大人看阿邁滿堅固的，跨上去試試看，真舒服呢，一搖，就忘了自已幾歲了。

「在綠蔭裡，一隻彩色馬，從早到晚，不停地搖。」在車房裡的老朋友們遠遠地凝視著阿邁。彰彰擔心阿邁會不會太累了，阿絲惋惜阿邁不能結她織的領花。

小虎只想告訴阿邁，他不是故意要在阿邁身上拉屎的，吱吱也怕阿邁還生他們的氣，為了咬掉阿邁身上的防銹漆，吱吱的門牙還發疼呢！

「嘿，嘿，老友們，謝謝你們，我很快樂！」在樹下搖著的阿邁大聲唱著歌：「我很快樂，謝謝你們，我很快樂！」

「瞧！阿邁笑了！」車房裡的老友也放心地笑了。

（一九七九年九月．時報周刊）

19

小夜貓的聲音

「玫玫，這次出門，我有重要的事要辦，不能帶妳去玩了。」

爸爸輕描淡寫地說著，就自己出去了。

玫玫一直在等著這次的旅行，爸爸早就說過，要帶她去，沒想到臨時又變卦。

「媽……」玫玫看著媽媽，希望媽媽能趕緊幫她講兩句話，可是媽媽只忙著叮囑爸爸，要小心照顧自己。

「氣……」玫玫抱起她的小貓咪亞，氣咻咻地衝到臥房裡去，也不向爸爸說再見。小咪亞被玫玫抱得太緊，不舒服，不住地叫「妙妙」，掙扎著不讓玫玫抱。

「怎麼搞的，大家都討厭我，爸爸不帶我去旅行，媽媽不幫我說話，咪亞也不讓我抱！」玫玫生氣地嚷著。

「妙——妙——」咪亞還是叫妙。

玫玫氣極了，把咪亞丟到窗外去，大聲說：「笨貓，笨貓，你就不會叫別的聲音嗎？去學習學習吧！」

「碰！」地一聲，玫玫關上窗子，把小咪亞留在外面。

「妙——妙——」咪亞抓著窗子，心裡好著急，他想說不妙，可是叫出來還是妙。

「這個聲音，玫玫不喜歡，可是我叫不出別的聲音，怎麼辦呢？玫玫叫我去學習學習，我找誰學呢？」咪亞正在發愁，一隻鄰家的鴿子飛過去，咕的叫了一聲。

「對了！」咪亞的眼睛亮起來。「玫玫常說，鴿子又溫柔又可愛，叫我別抓他們。我去學學鴿子的叫聲吧！」

他跳上牆頭，再跳上大樹，再跳到鄰家的圍牆，然後沿著排水管往上爬，爬到三樓，再爬上小木梯，到鴿子屋那兒才停下來。

所有的鴿子都驚慌得飛走了，一隻勇敢的小灰鴿停在鴿子屋的屋頂上，問咪亞要幹什麼。鴿子們看清楚了，是從來不傷害他們的咪亞，都放心地飛回來。當他們知道咪亞要學鴿子聲時，都笑了起來。

「妙——有什麼好笑？我是誠心誠意的。」咪亞一本正經地說。

「我可以教你，不過我覺得你自己的聲音很好聽啊！如果你真的要學別的聲音的話，我倒是很羨慕大白鵝的叫聲，又響亮，又迷人！」

「好的，謝謝你，我會去請教大白鵝。」咪亞學會了鴿子的聲音，就按照鴿子的指點，到池塘邊去找大白鵝了。

「嘎——嘎——孩子們，小心！」大白鵝老遠地看見一隻貓衝著池塘跑過來，發出緊急警報，小鵝們很快地游到池塘中央，躲在鵝媽媽翅膀後。

「不要怕，我來對付他！」大白鵝伸長脖子，張開翅膀，大吼一聲：「嘎——」

「老天！這麼棒的聲音！鵝先生，請教教我吧！」咪亞向大白鵝鞠個躬，把大白鵝弄傻了，等到大白鵝弄清楚是怎麼回事時，他開心地大笑起來，說：

「好吧，我可以教你，不過我覺得你自己的聲音很好聽，如果你真的要學別的聲音的話，我覺得老母牛的聲音又低沉、又雄壯，很能感動人哪！」

「謝謝你，我會去請教老母牛的。」咪亞學了大白鵝的叫聲，又到山坡上去找老母牛了。

老母牛正在山坡上吃草，聽了咪亞的話「哞——哞——」地呵呵笑。咪亞感到那種「哞——哞——」的聲音，似乎從地裡面傳出來，震得他胸口發麻。

「要學我的聲音不難，只要把聲音向肚子裡壓，肚子做共鳴箱，讓聲音在裡面跑來跑去，再跑出喉嚨外，就行了！不過我覺得你的聲音不錯，如果真是要學別種聲音的話，為什麼不學學山羊的呢？他的聲音像小提琴，好聽得很呢！」

老母牛教咪亞練習了好久，咪亞每次發出「哞嗚——」的聲音，就難過得渾身發抖，唉，為了要學個能令人感動的聲音，咪亞忍耐著不叫眼淚掉下來，然後，他趕緊到扶桑花叢下，向山羊學習。

「噢，小貓呀，你自己的聲音不是很好嗎？」山羊奇怪地問咪亞。

咪亞說：「有個小提琴般的聲音更好。」

「好吧！」山羊就教咪亞捏緊脖子，「ㄇㄧㄝ——」地叫。咪亞學起來，發出「ㄇㄧㄝ——」的聲音。

「如果你真的要學別的聲音，我可以告訴你，再也沒有誰的聲音可以比得上大公雞，他的金嗓子，能叫得太陽笑，就像小喇叭一樣。」山羊又告訴咪亞，大公雞住的地方。

咪亞找到戴著紅冠的大公雞，很有禮貌地向他請教。公雞很熱心地教他：「伸長脖子，肩膀向後壓，胸膛挺起，腳伸直，有力地站著，然後閉著眼睛，盡力發出最大的聲音——「哥——哥給給——」

咪亞學了一陣子，叫得頭昏眼花。

大公雞說：「我的聲音雖然宏亮，但是我常常覺得很遺憾，沒有小夜鶯那樣的嗓子。每個晚上，她吱吱啁啁的歌唱，歌聲是多麼的悠揚啊！月光下，就是夜鶯的世界，她的聲音甜美得令人不敢呼吸呢！我敢說，小夜鶯的歌聲是天下無雙的！」

真的？！咪亞想，有那麼好的聲音，不學起來怎麼行！他在紫丁香花下等著，等著，等到天黑了，月亮升上天空，在柔和的月光下，小夜鶯飛過來，向著月光婉囀的啼唱。

「太棒了！小夜鶯！」咪亞忍不住讚美了一聲，把小夜鶯嚇了一跳，看見花叢下兩隻閃亮的眼睛，她叫了起來：

「一隻貓！真是恐怖！」

小夜鶯害怕極了，振翅一飛，消失在黑暗中，留下發呆的小咪亞。

夜漸漸深了，咪亞想念他的小床和玫玫，開始往回家的路上走。他跳躍得很快，黑夜對他來說，實在算不了什麼，輕巧的腳步、銳利的眼光，不多久，他跳到玫玫丟他出去的窗戶了。

可憐的玫玫，還躺在床上哭，早晨她把咪亞丟出去以後，不到五分鐘就後悔了，趕緊打開窗戶，可是咪亞卻已失去蹤跡，怎麼叫喚都喚不回來，玫玫傷心到深夜，還睡不著覺。

「咕嗚——咕嗚——」咪亞學起鴿子的叫聲，玫玫動也沒動一下，失神地盯著天花板。

「大概是太小聲了，我應該學大白鵝的聲音。」咪亞想著，就「嘎嗚——嘎嗚——」地大叫起來。沒想到玫玫還是不動。

「我得叫出大母牛動地的聲音才行！」咪亞壓著肚子，吼出「哞嗚——哞嗚——」的聲音，呀，真是的，玫玫轉過身子，把臉朝向裡面了。

「ㄇㄧㄝ——」學山羊的聲音。

「哥——給嗚——哥——給嗚——」學公雞的聲音。

「哞嗚——」「哥——給嗚——嘎嗚——哞嗚——」

咪亞急了，什麼聲音都出來了，亂吼亂叫地抓著窗玻璃。玫玫拉了被子，摀住耳朵，咪亞叫得更急，抓得更狠；忽然，玫玫氣呼呼地起床了，她猛然拉開窗子，向外丟了一個小石子，生氣地罵著：「死野貓！吵什麼！」

「妙——妙——是我呀！」咪亞急忙跳到一邊去，一急，就露出他自己的聲音了。

「咪亞，咪亞，是咪亞！」玫玫驚喜地張開雙手，把咪亞摟進懷裡：「你為什麼亂吼怪叫的，害我以為是一群野貓。」

咪亞覺得真好笑，不是玫玫趕他出去學習別的聲音的嗎？

「妙——妙——」他叫著。

「這個聲音最好聽，別再亂叫別的聲音了，知道嗎？我等了你一整天，你跑到什麼地方去了呢？」玫玫撫著咪亞的頭，愉快地回到床上去。

月光照射進屋裡，照在咪亞的身上，咪亞妙妙地輕輕唱歌，唱著：

「妙——妙——我是一隻小夜——貓——妙——」

（一九七九年十二月・時報周刊）

20

小老鼠，怕怕！

郊外有一片空地，牽牛花從籬笆那兒爬過來，鋪滿了整個地面，好像一塊綠油油的地毯，織著淡紫的喇叭花。小老鼠吉吉流浪了好久了，看到這樣美麗的地方，非常喜歡，就決定住下來。

他找到一只破雨鞋，裡面有碎布、泥土和稻草，外面罩著牽牛花，「門口」還有牽牛花藤的門簾。把「家」佈置好了，他想通知他的朋友，就寫了一封信。

「這裡非常美麗，歡迎你們也來住下。」他寫好了，把信繫在尾巴上，準備寄出去。風就是郵差，他只要爬到高高的地方，把尾巴一甩，風就會把信送出去，爬得越高，信寄得越遠，很方便的。

空地邊不是有一棵高大的樹嗎？要是能爬到樹頂上，信就能寄到三百里外那麼遠了！吉吉看著那棵大樹，考慮了又考慮，忽然，他看到大樹前面不遠的地方，有一塊隆起的高地，圓圓的，像是個小土堆。

「如果住到那邊去，說不定比這邊還舒服。」

他很高興地跑過去查看，啊，一個空的水泥筒，兩邊都是密密的綠簾子。他撥開綠簾子，往裡面一看——天哪！不得了哇！怕怕！

吉吉一扭頭就拼命跑，他嚇壞了。

跑呀跑，跑過牧場，一頭又高又壯的牛在那兒吃草，他叫住小老鼠吉吉，問他為什麼跑得那麼急。

「啊，啊，嚇死我了，好可怕呀！」吉吉嚇得眼睛圓骨碌的。

「是誰那麼可怕？有我這麼壯嗎？」牛問。

「沒你那麼壯，可是太可怕太可怕，我得趕快跑！」吉吉渾身發抖，拋下幾句話，一溜煙地又跑了。

「啊？太可怕太可怕？是什麼怪物呀！那我也得趕快跑。」牛撒開四隻腿，飛快地跟在吉吉後面跑。

跑呀跑，跑進森林裡，一隻老虎懶洋洋地散步著，他叫住吉吉，問他為什麼跑得那樣急。

「好可怕呀，怕怕，怕怕……」吉吉喘了一口氣說：「嚇死我了！」

「是誰那麼可怕？有我這麼兇嗎？吼——」老虎吼了一聲，小老鼠卻像沒聽到似的，只說：

「叫聲沒你大，可是比你兇得多了，我得趕快跑！」

吉吉和牛都跑過去了，老虎越想越不對勁兒，也跟在後面跑了。

小白兔在草地上跳躍，看見小老鼠慌慌張張地跑著，就叫住問他怎麼回事。

「啊，太可怕，太可怕，尖銳的牙齒，好可怕！」吉吉不停地跑，牛、虎也都跟著跑過去。

「尖銳的牙齒？！唉呀，不好了，我得趕快跑！」小白兔也跟著跑了。

跑呀跑，跑到海邊去，沿著海岸又不停地跑。

一條龍看見了，問他們是不是在賽跑。

「賽跑？誰有閒功夫？我們怕死了，快跑，快跑！」砰砰砰，一個接著一個跑，頭也不回地跑。

「一定是什麼可怕的事，大難來了！我得趕快跑！」龍跳上岸來，跟著跑。

跑呀跑，跑過一片亂石堆，他們沒有停下來，跌跌撞撞地繼續跑。奔跑的聲音，驚動了一條蛇，他驚奇地看著，以為有什麼熱鬧的事。

「不得了，大難臨頭了！」龍呼呼地喊著，蛇一聽，嚇得全身冰涼，也跟著龍的後面拚命跑。

跑呀跑，跑過平坦的草原，馬兒蹄答蹄答地在練習跑步，看見前面那麼多跑得很快的動物，呼，他才不服氣呢，不管三七二十一，撒開了腿就急急地追。

追呀追，追上山崗，山羊看見了，就想：「在這種地方跑步，只有我最行！」他緊跟在馬後面，飛快地跳躍。

跳呀跳，下了山崗，跑進林子裡，樹上一隻猴子吱吱叫。奔跑的隊伍亂紛紛，沒有誰聽見猴子在問什麼，猴子只好跟著跑。

跑進農莊裡，嚇得雞飛狗跳，公雞喔喔地拍著翅膀，要他們停下來，不准進農莊，啊，誰還聽他的，通通闖進去了，公雞跟在後面，又叫又罵，黑狗汪汪地說：「別急，別急，我來把他們趕出去，汪汪！」黑狗也跟在後面叫。

只有大肥豬，一點兒也不緊張，天塌下來，他也不急。他抓住那累得手腳發軟的小老鼠吉吉，扯下尾巴上的信。

「這裡非常美麗，歡迎你們也來住下。」

他大聲唸出來，問吉吉：「什麼地方非常美麗？」

吉吉伸手指著農莊外的空地，鋪滿綠色的牽牛花藤，開著遍地淡紫色的小喇叭花。

「就是那地方嗎？為了去住那個美麗的地方，所以你們大家都跑得那麼急？」肥豬慢條斯理地問。

吉吉搖了搖頭，他累得一句話也說不出來。他指了指後面的牛。

了。

牛跑得上氣不接下氣，只顧張大鼻孔喘氣。他指了指後面的老虎。

老虎搖搖頭，他這一生還沒有這麼累過呢！他指了指後面的小白兔。

小白兔一顆心撲撲地幾乎要跳出口腔外了，那裡還有力氣回答，他指了指後面的龍。

龍睜大了眼睛直搖頭，肥豬看看後面的蛇，嘿，那蛇一臉的莫名其妙呢！只好指指後面的馬了。

馬跑得很輕鬆，可是他不知道什麼美麗的地方，只得搖搖頭，回頭看後面的山羊。

山羊傻呼呼地笑著，回答肥豬說：「跑，跑，跑，還不過癮呢！」

「答非所問！羊就是羊！」肥豬問羊後面的猴子，猴子眼睛一瞪：「你問我，我問誰？我什麼事都不知道，我是跟著來問問看是怎麼回事的。」

公雞生氣了，漲紅了臉，說：「好啦，看看你們大家，要進農莊來，也不等我開門唱段歡迎的歌，整個的一場糊塗，一點禮貌也沒有！」

黑狗大叫著說：「汪汪！要是你們搞不清自己在做什麼事，我有兩個辦法：第一，你們這些『不速之客』，我要把你們通通關進地窖裡去！要不然就是：第二，你們快快走出農莊，我要在莊子後頭看著你們離開！」

肥豬不慌不忙的說：「別急，別急，先看看這兒——這封信上說：這裡非常美麗，歡迎你們也來住下。看到沒有？我們也可以跟著去看看哪！」

「不，不，不，」小老鼠吉吉大叫：「很可怕，很可怕，我怕怕！」

「很可怕，真的！」牛點點頭說。

「很可怕，真的！」虎也點點頭說。

兔子、龍、蛇，都說很可怕。馬驚叫起來，羊倒退了好幾步，猴子怕得矇住眼睛。

公雞說：「很可怕，還是不要去吧！」

狗說：「很可怕？那……回自己的地方去吧！別出來亂跑。」

豬說：「這是好辦法，回自己的地方去，家最安全、最溫暖了！」

大家都回自己的地方去了，小老鼠吉吉又開始去流浪，他得另外找個地方，要很美麗，有可愛的房子和門簾，有高大的樹可寄信，而且，不要有那種他最怕最怕的鄰居——貓！

空水泥筒裡睡著的那隻貓，舒舒服服地打鼾，一點都不知道外面發生過什麼事哩！

（一九七九年十二月．時報周刊）

21 狗尾和草

田埂旁的大水溝堤上，一叢直挺挺的狗尾草，在微風中輕輕搖動。

向前點點頭，向後點點頭，左邊搖搖，右邊搖搖，向左旋轉，向右旋轉……他很高興地做著健身操。

剛好散步到那兒的阿汪，無意中看見了，不由得停下腳步，蹲在路旁，直盯著狗尾草看。

「嘿，你好！」狗尾草向阿汪點頭打招呼。

「好，你好，你的姿勢真迷人哪！」阿汪發覺自己直盯著人家看，不好意思地咋了咋舌。可是狗尾草擺得實在好看，而且，好像不怕別人看，瞧！不是很自在的又繼續搖著嗎？阿汪覺得有趣極了。

「我每天運動，你要知道，運動有很多好處，能使全身筋骨靈活，百病全消，脈絡暢通，呼吸順利。」狗尾草修長的身材，看起來還頗健壯的，一身碧綠青葱，顯出朝氣蓬勃的樣子來。

「是的，我們狗都很愛運動，運動實在好。」阿汪覺得面前這綠色朋友，真是親切。

「你有四隻腳，真不賴，告訴我你的大名好嗎？」狗尾草很優雅地行個禮。

「我叫阿汪，汪汪叫的汪，阿汪。」阿汪微笑著自我介紹。

「阿汪，好名字，我叫狗尾，請多指教！」狗尾草又行了個禮。

「狗尾？」阿汪舉起他的尾巴，搖了搖，轉了轉，看看狗尾草，看看尾巴，又看看狗尾草：「你是說，狗尾？」

「是呀，狗尾就是狗尾，大家都是叫我狗尾。」狗尾草很喜歡自己的名字。──

阿汪可迷糊了，狗尾就是狗尾，不是狗尾就不是狗尾，為什麼不是狗尾又是狗尾，是狗尾又不是狗尾？越想越迷糊，阿汪露出一臉迷濛的表情，那呆樣兒，就好像把「傻瓜」兩個字貼在臉上似的，一副傻呼呼的模樣。

「我叫狗尾，不是狗尾！」狗尾草想解釋得清楚一點：「你的狗尾，不是我的狗尾。」

「你是狗尾，不是狗尾？我的狗尾？你的狗尾？」阿汪的大舌頭在嘴裡拌著「狗尾」、「狗尾」，尾巴忙著向右搖搖，向左搖搖，向右旋轉，向左旋轉。

「噢，別看你的狗尾，我不是狗尾，我在這兒，這兒，你面前，我是狗尾！」狗尾草又是搖頭，又是點頭，比手劃腳地說明。

「你不是狗尾？你是狗尾？」阿汪甩了甩頭，聳了聳耳朵，抬起右前腳來咬了一下——痛！不是在睡夢中！竟有這麼莫名其妙的事？

「你不是說你是狗尾嗎？」阿汪眯著眼，豎起尾巴。

「不不，我不是狗尾。」狗尾草看著阿汪翹得高高的尾巴，搖搖頭。

「那你到底是什麼？」

「我是狗尾呀！」

休……阿汪閉起眼睛，把腦袋垂在地上。是狗尾，不是狗尾，不是狗尾，是狗尾，狗尾狗尾，狗尾……

「喲！謝謝風阿姨！」一陣大風吹來，狗尾草做了一個腰部大旋轉的動作。

「要不要旅行去呢？」風阿姨問狗尾草。

「還不呢，我在跟朋友聊天兒呢！」狗尾草搖了搖頭，向風阿姨招招手，風阿姨跑過去了。

「這是一位新的風姨，她們都對我很好。」狗尾草注視著風阿姨的背影。將來有一天，會有一個風阿姨帶他到處去旅行。

「你有四隻腳，不錯，可以到處跑跑，到處看看。」他向阿汪說：「你不必別人帶，可以自己帶自己走，真好。」

好吧，暫時不想狗尾不狗尾的事吧，阿汪說：「你整天站在這兒，覺得還好嗎？」

「還好嗎？嘿，朋友，站在這兒，相當好，我有這麼多鄰居，你看，這位是榕公公，這位是含羞草妹妹，這位是三角草哥哥，這位是野薔薇大嬸，還有那位小弟是鴨舌紅，那位先生是土香，那邊是五筋草太太、豬母乳太太、紅乳草太太、黃鵪草小姐、蒲公英小姐，田埂那邊一大片的，是稻子奶奶，那邊還有甘蔗大爺、樹薯大叔、木瓜夫人，啊——高大的木麻黃警衛先生……」

狗尾草一個一個的介紹，接著又說：「我們這些鄰居呀，都相處得很好，就是風阿姨啦、雨婆婆啦、雲哥哥啦，也都對我們很好。」

「很好的意思是說，你整天都窩在這兒，沒什麼關係？不會覺得很……不自由嗎？」

「唔，不會的，很好，真的，不相信的話，你可以在這裡待久一點，像這樣，俯下來，把你的尾巴高高的翹起，直直的，不要垂下去，對。」

狗尾草指導阿汪做出一個美妙的姿勢。

「像這樣嗎？」阿汪的臉貼在草地上，尾巴舉得像根旗竿。一股熱熱的感覺衝向腦門，他覺得有點暈暈的。

「閉上眼睛，什麼都不要想，等我叫你張開眼睛時才可以動。」

阿汪靜靜的閉著眼，開始的時候，腦子裡亂哄哄的，好像什麼聲音都有，千萬件事情都一起出現了，過了不久，聲音漸漸消失，一切都靜下來，好安詳，好舒服。

「現在你睜開眼睛，看地面。」狗尾草輕輕地說。

地面有什麼好看？以前阿汪就不屑看地面。現在他不自覺地盯著地面看，嗯，看久了就有不一樣的感覺了，地面真有得瞧的。

「好不好看？」狗尾草微笑著問。

「好看，真好看，我看到狠多，只是說不上來。」阿汪喃喃地說著。

「如果你常常看，就會看到更多的事物，看得更多，你就說得上來了。現在看看四周的東西；先看前面，再看後面，然後看看左方、右方，看久一點。」

前面是馬路，有匆匆的行人和車輛，後面是稻田，一片綠油油。不，再看，再看！阿汪覺得所有忙忙碌碌的事都可笑起來。

「再看看天空吧，天空更好看的。」狗尾草又建議。

阿汪瞧著寬廣的天空。好平坦的藍天哪！好柔好輕的雲哪！又深又廣，又清又平，阿汪覺得自己渺小得不見了，他成為天空的一部分，他的心思在天空遨遊，他的心胸像天空般開朗起來。

嗯，天空真有得瞧的，以前怎麼不覺得？

他忽然想通了，狗尾就是狗尾，是狗尾，不是狗尾。

從路邊走過的兩個小孩，撿起一顆石子，向阿汪丟過來。

「唔汪！」阿汪嚇一跳，他不明白孩子們怎麼會那麼無聊，唉呀，更糟，較高大的孩子伸手折了狗尾草。

「喔喔——我的朋友，狗尾！」阿汪跳了起來，小孩子把狗尾草丟在大水溝裡，拍拍手，沒什麼事似地走了。

「怎麼辦？現在你變成『溝尾』了。」阿汪心疼地看著他的朋友。溝水淙淙，狗尾草正順水往下流。

「也沒什麼好計較的，我會到別的地方去，再找到土地，長出一大把狗尾來。」狗尾草揮揮手，流得更急，一會兒就不見了。

有一天，阿汪在他屋後的小水溝旁，看見另一叢狗尾草，不知他從那裡來的，也不知他幾時長大的。阿汪驚喜地跑過去，把臉貼著地面，尾巴高高的翹起。

「嘿，狗尾，你好。」他向狗尾草打招呼。

「咦？你怎麼知道我是狗尾？」狗尾草搖擺著問他。

「啊，我當然知道，我跟你的——」阿汪想了想，說：「我是所有狗尾的好朋友，所有的狗尾也都是我的好朋友。」

狗尾草微微一笑。

阿汪的狗尾也跟著搖搖擺擺。

（一九八〇年一月．時報周刊）

22

真假水仙

牆上的月曆，又換新的了。

掛在月曆右邊靠角落地方的水仙，默默地看著相處了一年的舊月曆被拿走，新的月曆又掛上來。舊了！統統舊了，每一頁上，都有惠惠的爸爸記錄，圈個班會啦，畫個三角形記號啦，寫著考試啦，註明假期啦，還有些日子記著打針、會款、註冊等等，算得上是「滿目瘡痍」了。

新的，全是新的，一身光彩煥發，彩色畫片還閃著亮光，連油印味兒都還濃厚得很呢。

水仙嘆了一口氣：「唉！一年又過去了！」

她掛在那兒，大概有三年了吧！記得她「出生」時，一身的新鮮勁兒，找不出那個可以跟她比的，金黃色的緞帶花心，鵝黃的花瓣、淺綠的花萼、深綠的長長葉片，全身閃著光輝，惠惠又找來一個高粱酒瓶，用淡藍色的塑膠線鉤成瓶子的衣服，再把緞帶水仙插上去，然後掛在深藍色水晶玻璃前。

想想：深藍的水晶玻璃，不就像一個深湛的湖？一汪寶藍的湖水，漾著淺藍的水波，從水波中伸展出一叢碧綠，鑲著數朵金黃閃亮的水仙！啊，多美，多美啊！

那時，惠惠不是經常抬眼盯著她看，把手撐在下顎，說「好美，好美」嗎？

「那時」是那時，如今她已變成「舊的」了，舊的月曆被換成新的，舊的水仙被冷落在一旁。灰塵輕輕地、悄悄地覆在她身上，遮掩了昔日的光彩，她羞愧得把臉轉向牆，長長的葉子合攏過來，半遮著懊喪的臉，偷眼瞧著走來走去難得看她一眼的惠惠。

「忙些什麼呢？」她看到惠惠搬了一個黑色的圓形盤子，放在桌上，盤子裡舖放著白色的石頭，中間有一顆像洋蔥的東西。不知道那是什麼寶貝，不過水仙知道，不是平常東西，瞧！惠惠沒事兒就坐在桌前，雙手支著下顎，楞楞地對著那個醜東西猛瞧，真叫人氣得吃醋。

「爸，快來看，發芽了，發芽了！」惠惠像中了獎似的，高興得跳了起來，衝出去架著爸爸來分享她的快樂。水仙覺得眼眶熱起來，那情景，就像當初，惠惠得意地架著爸爸來欣賞她一般。

唉！不要再想了，灰頭土臉的，怎敢再盼受人注目？豈不是出醜。

日子一天天的過去，那醜東西在惠惠的驚嘆中，竟然變成一叢挺拔青葱的長葉子了，伏在底下的石子上的，是一大把潔白的根。有一天，水仙發現那叢綠葉竟然學她的樣子，開了好幾朵黃花。那些小黃花兒四面張望，帶著甜甜的微笑，仰起頭，看到高高地掛在牆上的水仙，很驚訝。

「嘿，妳好，妳住得好高呀！」她向水仙打招呼。

「老天爺，能不能請問一下，妳是什麼怪物？」水仙不敢相信地揉了揉眼睛。

「我不是怪物，我是水仙花。」

「不不不，水仙花是我，我一出生就是這模樣，兩三年了都沒變，可是妳，我可都看見了，開始的時候，妳只是一個洋蔥，比洋蔥還醜一點，後來妳變成綠葉，然後又學我的樣，開一樣的花，妳太奇怪了，會不會是魔術師呀？」

「唉，只好這麼說了。不過妳看見的倒不是變魔術就可以變出來的，妳看到的是一種『真相』，我本來就是水仙，妳最初看到的，是我的莖，從莖上長出葉子，抽出芽來，就能開花了。」圓盤裡的水仙很和氣地解釋。

「不是妳學我的樣嗎？」牆上的水仙問。

「不是的，我本來就是水仙，不管怎麼樣，水仙就是水仙，不會變成別種東西。」

「這麼說，妳誕生得真特別。」牆上的水仙說。

「我覺得妳比較特別，妳能一出生就有花有葉，而且已經兩三年，而且，妳好像沒有根，也不需要陽光和水，像這些，我是絕對辦不到的。我有根、莖、葉，會開花，不到十天吧，花又要凋謝掉，我得時時喝水，沒有水就會死掉，我得晒晒太陽，不晒太陽，花兒就開不出來，即使開出來，也會又瘦又小，營養不良，這一點，是生命中很麻煩的事情。」圓盤裡的水仙說。

「呀！我知道了！」牆上的水仙恍然大悟：「妳就是人們所說的，有生命的花，是真的花，而我只是沒有生命的緞帶花，是假花！噢！」假水仙花痛苦地大叫一聲，面向牆壁啜泣起來。

「啊，別傷心，朋友，妳剛剛不是說了嗎？妳已經兩三年了，妳要知道，緞帶花的優點就是在這兒。妳瞧，妳能長久開著花，而我過不了多久就要凋謝，花兒會掉得一朵也不剩哩！我倒還羨慕妳呢！」真水仙懇切地說。

假水仙停止了哭泣，可是想到身上的灰塵，長久地受到冷落，她還是悶悶不樂，惠惠早就不注意她了，就是長久開著花兒，又有什麼意思？她向真水仙傾訴著。

「很多人都在這個時候養水仙花，是因為快過春節了，希望給家裡帶來吉祥的喜氣。牆上的水仙雖然沒有生命，可是她有她可愛的地方，她應該過個快快樂樂的年。」真水仙心裡想著，就安慰假水仙說：「不要那麼沮喪，朋友，今年妳會走好運的，我也許能給妳一點幫助。」

「妳怎麼幫助我呢？」假水仙懷疑地看著天真活潑的真水仙，她充滿了生氣，容光煥發，啊，怪不得惠惠會對著她說「好美好美」。

「妳得照我的話做，」真水仙說：「當妳聽見惠惠大叫，或是看到惠惠有什麼奇怪的樣子時，妳就得趕快挺起胸膛來，把臉對著她，讓她看妳。」

「噢，不，我滿臉灰塵，髒死了，我不要她看到我骯髒的模樣。」

「聽我的話吧，我相信妳不會髒很久的，妳就快變成乾淨可愛的水仙了。」

真水仙心裡想著：反正我已經開花了，不在乎少開一些日子。於是開花後的第三天，她閉起眼睛，垂下了頭。

「爸，爸！怎麼搞的！水仙花都謝了，葉子也都垂下了！」惠惠發現了，驚愕得幾乎說不出話來，她尖著嗓子叫。

牆上的水仙聽見尖叫聲，挺起胸膛，抬起下巴，這才知道，她的真水仙朋友已經奄奄一息了。

「噢，老天爺，妳不能這樣，妳的花兒都皺了，葉子都倒了！」牆上的假水仙看到「生命快要消逝」的慘狀。

「快挺起妳的胸膛，快，明年再見了！」真水仙招了招手，就無力地躺下來了。

惠惠的爸爸捧著真水仙，看了一陣子，搖搖頭說：「真奇怪，應該可以開久一點的，大概是第一次開花，我們不太會照顧，她自己也不太適應吧！或者是這裡的天氣不夠好？或許是日照不足吧？還是因為我們沒有修剪的關係？」

「再買一株來養養看，好不好？爸！」惠惠向爸爸建議。

「現在養，在日期上是比較遲了，我看哪──」爸爸猛一抬頭，看見牆上的水仙，眼睛一亮：「我看哪，不如先把這盆整理一下，妳也應該照顧照顧她吧？妳看，好多灰塵！擦乾淨擺到客廳去，過年時也好有個氣氛。」

假水仙閉起眼，流出熱淚：「我寧願在這裡灰頭土臉，也不願妳，朋友啊，就那樣消失啊！」

「這個水仙埋在沙裡，明年還可以再養，倒是妳，記得別讓牆上的水仙花再蒙灰塵了。」爸爸這樣交待惠惠。

假水仙一聽，高興起來。她又回復了亮麗的風采，明年，明年，她等著和朋友再相見呢。

（一九八〇年一月．時報周刊）

23

美麗的醜八怪

清晨，薄霧籠罩著大地，大個子古先生在院子裡打完了太極拳，就在小水槽邊梳洗。他洗淨了紅臉，從鏡子裡看見臉紅得發亮，非常得意，於是漱口的時候，他就更大聲了。

「咕嚕嚕——咕嚕嚕——」他把脖子仰高，水在喉嚨裡打轉，然後「噗！」的一聲，把喉嚨裡的水噴出去。

「真好，真好，一日之計在於晨，今天是個好日子。」古先生心情非常愉快，他吃了豐盛的早餐，打算出去散散步，找靈感。因為啊，哈，那是真的，古先生是這一帶唱歌唱得最好的男高音，他會自己編歌兒來唱，唱自己的歌，絕對不跟別人一樣。他找到靈感時，美妙的、雄壯的歌，就會從「肚子」裡生出來，肚子關不住了，就衝向脖子，經過大喉嚨，咕嚕嚕地唱出來。

「愛唱歌的火雞，不會變壞！」古先生絕對相信這一點。他最喜歡大聲地唱歌，唱得臉更紅。

走出院子，才幾步路，古先生看見一隻很瘦的小貓，蹲伏在路邊的籬笆下發抖。

「小貓咪，怎麼了？」他低下頭去，問小貓。

「妙——真恐怖！」小貓弓起背脊，轉身一溜煙地溜了。古先生覺得莫名其妙，他四下張望了一下，美好的早晨，寧靜的早晨，沒有什麼恐怖的東西，也沒有什麼恐怖的事呀！

「可憐的小貓咪，不知道跑到那兒去了，他應該信任我，愛唱歌的火雞，不怕什麼恐怖的東西的。」

他搖了搖頭，繼續往前走。早晨的空氣多新鮮，霧漸漸散了，金色的陽光像一條條金線，穿過雲層，穿過霧紗，穿過樹葉，照射著大地，不多久，大地已一片明亮，草地上舖著點點露珠，眨著眼睛，準備抓住太陽的金光，化成蒸氣小精靈，飛上天去。

古先生的靈感來了，對著太陽「咕嚕嚕」地高歌一曲，對著草地「咕咕嚕」地吟唱著，對著小溪「咕嚕咕」地唱出讚美歌。

「真好的早晨，豐收的早晨，太棒了！」古先生忍不住展開像大扇子的尾巴，「霎！霎！霎！」地自轉了三圈。這是他認為最美的姿態。

「醜八怪！」一個小小的聲音從他身後響起，他回頭一看，是三隻小小雞，昂著頭，插著腰，眼珠子瞪得圓圓的，小尖嘴噘得高高的。

「又笨又重！」小黃雞說。

「聲音很難聽耶！」小黑斑雞撇了撇嘴。

「總歸一句話：醜八怪！」小白雞搖了搖頭，說：「咱們快走吧，再多看一眼我會難過三天的！」

三隻小小雞，搖著小屁股走過去。

大個子古先生東張西望，小溪邊什麼也沒有。啊，有一排木麻黃。可是木麻黃不會「聲音很難聽」的。

啊，有一個小菜圃。不，他們靜靜地翻著綠葉子，不像醜八怪。溪裡有兩隻白鵝。不，他們不笨不重，輕悠悠地在水上滑行。

「誰呀？誰是醜八怪？是……我嗎？」大個子古先生低下頭看看自己的身體，圓滾滾的肚子、粗粗的腿、尖尖的爪子，他走近小溪，照照自己的頭，唔，光禿禿的頭頂，一個又一個的疙瘩，一層又一層的皺紋，鼻子上一團軟軟的肉瘤，長長地垂掛在嘴邊，下巴上一大團肉囊，像幾個袋子，在那兒盪來盪去……

「喔？我是醜八怪？」他眨了眨眼睛：「當然不是。」

「咕嚕，咕嚕，咕咕嚕，咕嚕咕嚕……」他向溪水中的影子「唱」了一段。

啊？好難聽的聲音？

「那裡喲，我的歌聲是經過訓練的，每天都練好幾個小時呢！」

他轉身走向堤岸，悠閒地踱著步子。穩重、沉著、有風度。小傢伙們一向慌慌張張的，「嘴上無毛，辦事不牢」，就連說話也沒頭沒尾的，觀點不正確，又愛說大話，碰到一點兒小事就大驚小怪，嘿！

他聳了聳肩，擺擺頭，不想再浪費時間去思索那些不值得的事。猛一抬頭，遠遠的前方，什麼東西正很快地向他衝過來，呀，危險！「梗——」已經到了面前！

「嘩——！」大個子古先生奮力張開翅膀，雙腳用力一躍，躍到小溪的對岸，那機器怪物正捲起一股黑煙，飛衝過去，再遲一秒鐘，大個子古先生就會倒在輪下了！

「好險，這年頭兒，不只是有翅膀的年輕小伙子不可靠，就是沒翅膀的年輕人也一樣糟，騎什麼摩托車，簡直是魔鬼拖車嘛！」

他嘀咕著，摀著胸口喘氣，不一會兒，他就高興起來了，瞧，那麼寬的小溪，他一躍就躍過溪面了，身手真不賴呀！又笨又重？那個會又笨又重？

「小傢伙們如果指的是我，那可真是看走了眼！」

他沿著小溪的對岸散步，忽然想到，三隻小小雞有點兒奇怪，從來小雞們出門，都有母雞帶著，那三個小傢伙怎麼沒跟著母雞？附近人家的小小雞都認識「咕嚕嚕歌王」，那三個小傢伙似乎不認識他。

「一定是外地來的，不是離家出走，就是迷途的小雞，我得探個究竟。」大個子古先生邁開大步，向著小雞們走的方向追上去。

他問池塘裡的母鴨，母鴨告訴他：「是的，我看見了，他們跑過去了。」

他問小黑羊，小黑羊一面嚼著草，一面說：「是的，我看見了，他們向那邊走了。」

他拼命追趕，追趕，終於看見三隻小小雞了，他們剛好停在路邊，等著過馬路。馬路上來來往往的車很多，小小雞們看著左邊的車跑向右邊，又看著右邊的車開向左邊，一輛接著一輛，大車小車，大喇叭聲小喇叭聲，驚險萬分。

「小子們，要過馬路嗎？跟著我來！」大個子古先生護著他們過了馬路。

「噢，我們不該跟陌生人的。」小白雞說：「快走，快走！」

他們匆匆地向小巷子奔進去。

「我不知道他們有什麼秘密，還得再跟跟看。」大個子古先生也跟進巷子。奇了，一眨眼間，小小雞們不見了。

古先生不相信自己的眼力會那麼差，他一直走到巷子盡頭，再走回來，走進去，再出來，一條死巷子，盡頭是一堵很高的牆，小傢伙們絕不可能跳進去的。

「那……」古先生眼珠子一轉，猜想：「一定這中間的那個人家家裡了。是回家了嗎？也許是吧。算了，我又不是偵探，還是回我自己的家去吧！」

他想了想，扭回頭，準備回家，眼角瞄了一下旁邊的大紅木門，門下露出一小截毛茸茸的東西，像是……貓的尾巴……他繞到門後看了一下——

「妙——」一隻大野貓弓起背，露出滿口利牙向他吼叫，大野貓腳爪下，壓著三隻小小雞，嘴巴被搗住了，不住地掙扎。

「咕嚕嚕嚕——咕，咕，咕嚕！咕嚕咕嚕，可惡的大野貓，還不快快放手，看我饒你不饒你，壞蛋！」

大個子古先生一把火在心頭，瞪大眼珠，漲紅了臉，猛搖頭，把鼻子上和下巴下的肉垂晃得搖搖擺擺，全身羽毛都豎起來，尾巴張得圓圓的，翅膀垂到地上，大吼一陣，向前衝了兩步，野貓吃了一驚，放下小小雞們，急忙躍上牆頭逃走了。

小小雞們哭成一團，好啦！好啦！命是撿回來啦，「火雞伯伯」是救命英雄呢！偷跑出來玩，最後迷了路的小小雞們，在大個子古先生的帶領下，平安地回家了。

「他好健壯啊！他是泰山火雞王！」小黃雞告訴雞媽媽。

「他的聲音雄壯極了！」小黑斑雞告訴爸爸：「比爸爸的聲音還棒！」

小白雞結結巴巴地說：「他長得很醜……可是他……很漂亮，很美麗喲！」

古先生一點兒也不在乎什麼。

他對自己的一切本來就都很滿意嘛！

（一九八〇年二月．時報周刊）

24

小三的如意棒

森林裡的熊師父，在廣場上搭了戲台子，演出好好看的布袋戲，吸引了大大小小的動物們。

「匡匡噹！匡匡噹！」好戲就要開鑼了，霓虹燈正亮著「西遊記」三個大字。

猴子先生早就催太太早些兒弄好晚餐，早些兒洗過澡、穿好乾淨整齊的衣服，早早吃過飯，一家人邊散步，邊走向戲台。

「豬太太，看戲去囉！」他們向豬太太打招呼。

「牛先生，看戲去囉！」他向牛先生打招呼。

小猴子小三覺得很奇怪，平常他溜出去看戲，爸爸媽媽都會生氣地罰他坐牆角「面壁」一番，這回演「西遊記」，不但不罵他，連他們自己也要看啦，還要招呼鄰家的大人也去看。嘖嘖，大人就是大人，什麼事都可以隨自己高興，高興做就做，高興不做就不做。

「爸，西遊記是什麼戲？」小三問爸爸。

「匡匡匡！」戲就要開始了，猴子先生要小三靜靜地看，猴子媽媽可忍不住了，小聲地告訴小三故事的大概內容：「從前有個和尚，叫做唐玄奘，要到西天去取經……」

「噢，我知道了，是孫悟空的故事嘛！」小三叫了起來。

「知道是孫悟空，怎麼不知道是西遊記？」媽媽問。

「這就叫『只知其一，不知其二』，小三的特色，對不對？」爸爸說：「好了，靜靜看，別再說話了，是我們猴子當主角的戲呢。」

「西遊記演什麼呀？」小三聽到有誰在問，回頭一看，原來是河馬嬸嬸，小河馬拉著她的裙子，一定要她也來看。

「媽，是小三的祖先孫悟空的故事。」小河馬告訴媽媽。

小三高興極了，怪不得爸爸媽媽會急著要來看戲，是「我們猴子」當主角的戲呢！是「小三的祖先」孫悟空的故事呢！忽然間，小三覺得大家好像都在注意看他，害得他不能專心看戲了，台上的孫悟空正在翻觔斗，台下的孩子們都樂哈哈的，小三聽到一些談論的聲音：

「……有那麼厲害的祖先，才會有今天那麼靈活的猴家吧！……身手不錯得哩！……聽說那根如意棒，還是猴家的傳家寶呢……」

哇！孫悟空翻個觔斗，就到天上；他從頭上拔下一小撮猴毛，吸一口氣，就變出好幾個替身來……他把手放在額頭上，一隻腳蹺起來，呼，兩顆圓溜溜的眼睛就看到千里遠的東西了……他說一聲「變」，就變成豬八戒，哈，又變成小蜜蜂……哇，他能七十二變呢！

他手上的如意棒，能伸長、縮短，能變得像大柱子那麼粗，也能變得像綉花針那麼細，放進耳孔裡收藏著，要用時才拿出來，嘿！嘿！

「看我老孫的厲害！」小三握著拳頭，假裝抓著如意棒，比劃起來，「我是第一百代的孫悟空！」

「媽，如意棒在那裡？」回到家裡，小三就拼命找如意棒。

「那有如意棒？戲是戲，別搞混了！」猴子媽媽笑著說。

「人家說有，說是我們的傳家寶。」小三把聽到的話講出來。

猴子媽媽找了一根竹棍，想要給小三玩，又覺得不太妥當。

「不對哦，媽媽，如意棒是會伸長，也會縮短的喲，還會變大和變小呢！」小三看了看媽媽手裡的竹棍，一點也瞧不上眼。

猴子媽媽就把竹棍放回柴房去了。那……如意棒在那裡呀？叫他去找爸爸要吧！

「什麼？如意棒是我們的傳家寶？」猴子爸爸睜大了眼睛：「快，小三，咱們找找看，如意棒藏在那兒，要是真的有，我的願望就可以實現了。」

小三傻了。爸爸說些什麼呀？

「小三，聽著，你的祖父的祖父的祖父告訴過你的祖父的祖父，自從齊天大聖孫悟空完成了保護唐三藏取經的任務以後，他就被天上的玉皇大帝召上天庭，在天上當守衛官。可是他的個性實在不喜歡當官，就故意把如意棒弄丟了，向玉皇大帝辭職，回到花果山的水濂洞去，當他的猴大王，又逍遙，又自在。過了幾千年，他就死了，可是沒有告訴大家，他的如意棒到底藏在哪兒。」爸爸搔著下巴想了想，又接著說：

「我的祖母的祖母的祖母也有傳話下來，聽說孫悟空怕他的如意棒被壞猴拿到，會增加壞蛋的威力，所以他在要故意弄丟以前，已經把如意棒化成各種東西，而且那根如意棒本身，也只剩下一個功用。當然那功用還是很不得了的，就是說呀，不管你要什麼，如意棒都能使你如意，但是只有一次機會，用完了，它就變成普通的木棒，再也沒什麼用了。」

「真的？會不會有誰已經找到如意棒，把它用掉了呢？」小三擔憂起來。

「不，沒有誰找到過，我知道。」猴子媽媽笑著走過來，說：「我也聽過我祖父的祖父的祖父傳下來的話，在我祖父的祖父的祖父那一代，曾經找到如意棒，可是，記得喲，它只能實現一個願望，用掉就沒有了，所以誰也不敢說自己有什麼願望。當他們想造一座橋時，有的猴子覺得麻煩，想要用如意棒，想了想，不，以後會有更重要的事需要如意棒的，造橋何必動用如意棒呢？當他們鋪路時，想要用如意棒，想了想……」

「不，不行，以後會有更重要的事需要如意棒，」爸爸笑呵呵地接著說：「鋪路何必用到如意棒呢？」

「對，所有的事，一個人做不好，兩個人、三個人互相幫忙，大家一起做就能做得好，這個方法不行，再試別的方法，反正在用如意棒以前，有好多方法可以去試，成功了，如意棒還沒用掉，那多好哇！」猴子媽媽的眼睛在發亮。

「對極了，剛才我說，找到的話，我的願望就可以實現，其實，我不會輕易就把它用掉的，用掉的話……」猴子爸爸眨眨眼。「就沒有了；不用掉，永遠有一根如意棒！」

小三領會了，他的眼睛也亮起來了，他才不會「只知其一，不知其二」呢！

「不過……找們沒有如意棒呀！」．小三又迷惑起來。

猴子媽媽說：「別人也不知道我們到底有沒有如意棒，我們卻可以當作我們有，把它放在心裡，做什麼事時，一想到它，一定都好做得多。」

小三歪著頭，說：「我希望我的字能寫得很端正，心裡的如意棒會幫助我嗎？」

「不會，你得叫你的手幫助你，你的手幫你把字寫端正，寫不好，擦掉再來，如果你的手真的沒辦法，很笨、傻瓜蛋，再去找如意棒幫忙。」猴子爸爸說。

小三點了點頭，他轉動眼珠子，仔細看著家裡的東西……哈！掃帚，長長的柄，一定是如意棒變的，它能使家裡到處「乾淨得如意」。

……哈！雞毛撢子，也是如意棒變成的，還有，媽媽縫衣服的針、火柴盒裡的火柴棒不都是如意棒縮小變成的嗎？

小三高高興興地去寫日記，他握緊鉛筆，寫了「如意棒」三個字，忽然，他發現了，這瘦瘦長長的鉛筆，能很如意地寫出各種字、畫各種畫，這一枝，不就是如意棒嗎？

「爸，媽，看！我有一根如意棒！」

他拿起鉛筆，在空中畫了一個大大的圓圈，開心地對自己說：「我的手才不會很笨，我才不是傻瓜蛋呢！我的手裡有一根如意棒！嘿，如意棒！」

（一九八〇年二月．時報周刊）

25 最後的舞台

拋棄了黑褐色的蛹，遠離了泥土樹根，小金龜子阿綠展開翅膀，愉快地隨風飛翔，太妙了，太棒了，多神奇的成長！

還記得「小時候」，他是個渾身乳白、肥肥嫩嫩的胖小子，說有多「可愛」，就有多「可愛」。不是嗎？尖尖嘴的公雞也好，母雞也好，就是黃毛小雞也一樣，特別欣賞他。

有一回一隻母雞帶著小雞，遇見了他，母雞非常高興，非常熱情地衝了上來，尖嘴猛地一啄，想一口把他吞進肚裡去，要不是他機警地鑽進乾草堆裡，早就被母雞愛得給溶化掉了。

那時他就盼著，快長大吧，快長大吧，沒有翅膀的日子真恐怖啊！

接著，他裹進蛹裡，全身靜止了，外面的世界怎麼變，他不知道，可是他的心裡還是焦急得很，一直埋怨成長為什麼那麼麻煩、那麼慢，要是有一隻雞「饑不擇食」，連難看的蛹也想嚐嚐滋味，那豈不是前功盡棄？他連逃的機會都沒有了。

現在可好了，所有的苦難都成了過去，他長成了小金龜子。從堅固的蛹裡甦醒過來，南風的腳步踩得整個世界歡樂起來，他衝破了蛹，看見明亮、多彩多姿的世界。

試試看成長是什麼樣的滋味吧！他展開翅膀——一件金綠色堅硬的外套，一件金綠透明的薄紗飛行衣，很自然地，當他想拍動的時候，它們就快速地拍動，然後，他的身體凌空了，自由自在地在空中飛來轉去，升高降下，忽東忽西。對了！就是這樣！

他尋找那些曾經「很愛他」的雞們，在他們頭的上方打轉，再也不怕被啄。

公雞似乎生氣了，瞪著眼睛，氣咻咻地往上跳——還差一截！阿綠在一秒鐘內已升高三尺。

看他們想吃却吃不到的模樣……

「哈，哈！」阿綠止不住內心的快活，輕飄飄地飛向白楊枝頭，飛向樟樹林，飛向相思樹梢，飛向甘蔗園，飛向橘子樹，去吸吮香甜的汁液，去啃嚙滑嫩的新芽。

「你們好，你們好，大家好，幸運的金龜子們，大家好！」阿綠向成群的朋友打招呼。

「世界多可愛，草綠花香，南風輕暖……」他們高歌。

「飛的地方寬又廣，吃的食物美又多，無憂無慮，自在逍遙……」他們歡唱著。

阿綠在樟樹上住下了。他喜歡樟樹那股特殊的芳香。

阿綠飛上樹梢，六隻腳緊緊地勾住樹枝，風颯颯地吹過，樹枝擺過來又盪過去。

「盪秋千好舒服呀！」阿綠不由得閉上眼，任由秋千去搖晃，晃呀晃，阿綠睡著了，腳一鬆，「咔噠！」一聲，往下掉，掉在鋪著厚厚落葉的地上。

「唉呀，嚇我一跳！」阿綠驚醒過來，飛了飛，轉了轉，伸伸六隻腳，還好，身上一點傷也沒有，那一層落葉鋪得夠功夫，厚厚的，軟軟的，回想起來，那一摔的滋味還真不錯哩！

「小伙子們，跳舞去啦！」一隻年長的金龜子在呼叫。

天剛亮，阿綠喝了甜汁早餐，精神抖擻地跟著大夥兒飛出去。

「各位看看，這是晨曦舞台。」大金龜子很親切地向大家介紹。

太陽正精力充沛地站在東方山頭，金光四射，草上的露珠兒閃閃發亮。

蟲兒們，爬著的、跳著的、走著的、飛著的，也都開始活動了，大地顯得一片忙碌。

大金龜子帶著他們跳晨曦舞，一直跳到累了、餓了，才休息。

黃昏時，大金龜子又帶他們到「夕陽舞台」跳舞。

暮色中，大地塗上一層厚厚的金黃色，太陽站在西山頭，紅著臉，腳步蹣跚地轉身向西走，漸漸地，漸漸地……金龜子們跳著夕陽舞，金綠色的翅膀上映著太陽醉紅的臉，一直跳到日落西山，大地沉靜，他們才回家休息。

「太棒了，跳得太痛快了！」阿綠拖著疲憊的腳步回家，正打算好好地睡一覺，忽然間，草地上傳來一陣陣好聽的音樂，大金龜子又叫了：

「快呀，快呀，小伙子們，月光晚會開始了！」

月亮高掛在天空，散發著柔和的銀色光輝，大地的熱氣漸漸消失，草叢中，愛月亮的朋友們正在演奏、歌唱、跳躍。

「來呀，來呀，愛月亮的朋友們：
高聲唱，高聲唱，月光多明亮，
照著你，照著我，大家都快活，
你來唱，我來跳，世界多美妙。」

在月光下，金龜子們的月光舞熱烈地舞了起來。阿綠不知那兒來的精神，拍著翅膀，舞得入迷，他覺得「月光舞台」比「晨曦舞台」和「夕陽舞台」都更有情調、更適合跳舞，一股神秘力量吸引著他，使他拼命地飛舞。

舞到深夜，月光晚會漸漸到了尾聲，阿綠在睡眼矇矓中，看見月亮掉在甘蔗園上。

「不好了，月亮掉下去了！」阿綠叫了起來：「看看看，就在甘蔗園上面，那枝最高的甘蔗葉上！」

大金龜子看了一眼，冷冷地說：「那不是月亮，那是『燈光舞台』的路燈。」

「哦？」阿綠迷惑地抬頭一看，真的，月亮不就在天上嗎？那個什麼「燈光舞台」的路燈，很像「月光舞台」的月亮呢！

「我們什麼時候到燈光舞台去跳舞呢？」阿綠問。

「我們不到那兒去，那邊太危險了。」大金龜子看也不看一眼。

阿綠瞧著甘蔗園上，那圓圓的、迷人的路燈，看不出它有什麼危險，整夜靜靜地站在那兒，動也不動一下，柔柔的銀白光輝，灑在甘蔗園上。

「我一定要去瞧個究竟。」阿綠悄悄地打定了主意。

晨曦舞台、夕陽舞台、月光舞台，晨曦、夕陽、月光……，那樣子地輪著、跳著。

阿綠勤練舞蹈，舞得漂亮極了；可是，每當月光晚會開始時，燈光舞台那兒也亮了起來，阿綠就楞楞地看著，看著，看得發呆，忘了跳舞。

別的小金龜子不知道阿綠在看什麼，好奇跟著看，於是，許多小金龜子都知道了，在那邊有一個燈光舞台，他們都想過去看個究竟。

「不行，那兒危險！」大金龜子搖搖頭。

「我們看不到有什麼危險。」阿綠大聲說。

「對，我們沒看到什麼危險，那邊比月光舞台亮得多，我們可以到那兒去跳舞。」

「真的很危險！」大金龜子生氣了。

但是誰也不聽大金龜子的勸告，一群小伙子，爭先恐後地向燈光舞台飛過去了。

「棒極了，棒極了，哪一個舞台比得上這裡？」阿綠繞著路燈打轉。

路燈，像太陽一樣閃亮，在路燈的光亮下，他們身上發出金綠色的光芒，彷彿一堆閃爍的綠寶石。

路燈，像月亮一樣柔美，他們更驚喜的是，月亮是那麼的遙遠，而路燈就在他們身邊，任由他們環繞飛翔。

阿綠一面注視著燈光，一面瘋狂地飛舞，越舞越狂、越飛越近，直到天色微明，他們才筋疲力竭地倒在地上昏沉沉地睡著。

「嘟，嘟！」一陣喇叭聲驚醒阿綠，他睡眼惺忪地看了看周遭——哇！怎麼回事？

阿綠清醒了，不相信地揉著眼睛——駛過的汽車，把他的不少伙伴輾成碎片。

他們舞累了，跌在平坦的馬路上，也許好夢正甜呢，就這樣再也醒不過來了。

「叭——」又一輛汽車，差點輾過阿綠，阿綠嚇壞了，匆匆地振起翅膀，想要飛離開，可是一陣昏眩，不知被什麼蒙住全身，他慌亂地掙扎著，聽到小孩子說話聲：「這隻不錯！很有力氣，一定飛得很好。」

大腿被折斷了一截，阿綠痛得不顧一切地展翅大拍，然而什麼重物拉著他呀？

阿綠低頭一看，一輛小三輪車上的尖柱緊插入他的腿中，在他奮力拍翅下，車子就緩緩地在光滑的茶几上前進——

小孩子們不知道阿綠在哭，拍手歡呼著：「動了，動了，金龜子加油！」

（一九八〇年二月．時報周刊）

26 貓頭鷹風鈴

「劈劈拍拍，碰碰碰！」一串鞭炮在蘭蘭手藝中心的廊柱下開花了。玻璃門裡、櫥窗裡擺滿了小手藝品，有洋娃娃、燭台、緞帶花、鏡子、髮夾、小錢包、別針、卡片、撲滿、信插、胸花、風鈴……等等，好熱鬧喲。

鳳兒第一個衝進新開幕的店裡頭去，因為恰好這一天是她的生日，媽媽早就答應了，這一回的生日禮物要讓她自己挑選。

「哇，好漂亮的髮夾！」鳳兒在櫥櫃上看到草莓髮夾，真是喜歡，可是頭髮打得又短又薄，根本用不著髮夾，她放棄了。

「哈哈，這個娃娃在盪秋千！」她又看上一個穿得很時髦的洋娃娃。可是……

「唔，這麼大了，玩洋娃娃也沒意思！」她又放棄了。

「這個小錢包很可愛。」她把小錢包拿起來撫摸，粉紅色光滑柔軟的緞子，四周還鑲了金黃的花邊。不過，錢包已經有很多個了。

東看西看，琳瑯滿目的禮品，她竟不知道選那一個才好。

「妹妹，選那個呀？」大姊珍兒看鳳兒那麼一副沒有主見的樣子，好心地問她。

「這個不錯，那個也很好，哎！喜歡的東西太多了，我都不知道怎麼辦才好啦！」鳳兒三心兩意的，心裡也正煩呢。

「好啦，好啦，這個風鈴妳看怎麼樣？」珍兒早就盯上了從天花板垂掛下來的擺飾中，那個貓頭鷹風鈴。

再也沒比它更好的了，木頭的身子，下面繫著竹板，聲音雖然不像玻璃風鈴那麼清脆，顏色也不像金屬風鈴那麼光彩耀眼，可是那也正是它的迷人處，不是嗎？聲音是柔和的，顏色是古樸的，貓頭鷹代表「智慧」，那些竹管使人聯想到一叢修長的竹子，瀟洒飄逸，再說，有那一個風鈴經得起「萬一不小心摔下去」的磨練呢？玻璃風鈴一定是粉身碎骨的。再說，如果小弟弟伸手去抓的話，有那一個風鈴不會割傷弟弟白嫩的小手呢？那些金屬風鈴上上下下都有稜有角的，太危險了。

「有道理，好，大姊，我就要這個貓頭鷹風鈴了！」鳳兒高高興興地捧著生日禮物回家了。

「ㄍㄚ啦ㄍㄚ啦！」貓頭鷹風鈴掛在她們房間裡，開門進去，一眼就看得見，伸手一撥，它就搖搖擺擺地唱著一首純樸的山歌。

那個晚上，媽媽親自做了一個蛋糕。

小弟弟畫了一張有蛋糕的生日賀卡，蛋糕上面有一支大的和三支小的蠟燭，代表鳳兒已十三歲。

爸爸送了一本故事書。

珍兒送的是她親手鈎的一條小圍巾。

「祝妳生日快樂，祝妳生日快樂……」弟弟的歌聲最響亮，鳳兒的臉笑得圓又圓。

貓頭鷹風鈴瞪大了眼睛，靜靜地聽著。

「好美滿的家庭，慈愛的爸爸和媽媽，和氣的孩子們，哎，哎，我能陪伴她們，也真是我的福氣哪！」貓頭鷹風鈴心裡想著，不覺高興起來，輕輕地點了點頭。

「ㄍㄚ啦啦，ㄍㄚ啦啦！」山歌微微地響了，好像從遙遠的地方傳來，它給自己催眠啦。

快睡著時，珍兒和鳳兒的說話聲驚醒了它，它睜開眼睛，唔，她們都換好睡衣，躺在床上了。兩個姊妹共一個床，真好，睡前可以談談心。可是……不哪，談心用不著那麼重的聲調吧？為什麼好像她們倆都氣沖沖的呢？聽——

「……我的生日，為什麼要我洗碗？」是鳳兒的聲音。

「生日是一回事，洗碗是另一回事，輪到妳就是妳，總不能說妳生日就別吃飯了吧？」珍兒毫不退讓。

「妳懂不懂生日是什麼？過生日的人最大咧！」

「我不懂？哼！我多妳一歲，生日比妳多過一次呢！」

「上一次妳過生日，也是輪到妳洗碗，我替妳去洗的，妳忘記了？」鳳兒說。

「喲，別翻老帳，是媽要妳去洗的，我彈琴給姑媽聽了，今天姑媽又沒來聽妳彈琴。」

「妳彈琴，幹嘛要我替妳洗？」珍兒把身子轉過去，背對著鳳兒。

鳳兒唬地直起上身：「都是妳有理？每次都是妳有理？」

珍兒說：「妳以為妳比較小，什麼都要讓妳是不是？哼，什麼都讓妳，讓得太多了，公平點行不行？」

「討厭，沒有妳就好了，妳是多餘的。」鳳兒氣呼呼地躺下，也把背對著珍兒。

「妳才多餘，媽媽如果不要生妳，就兩個恰恰好，多妳一個就沒有符合家庭計劃了。」珍兒說得理直氣壯。

「媽媽生我和弟弟就好，不必生妳，妳是多餘的。」

「胡說八道，媽媽先生下我，然後再一個男的弟弟就好，妳是多餘的。」

「妳才多餘，妳那麼瘦，小時候害媽媽花了很多醫藥費。」

「妳才多餘，妳那麼胖，每天都吃掉很多食物，把媽媽賺來的錢都吃光。」

「妳……」鳳兒大叫。哇啦哇啦，邊哭邊叫。

「妳……」珍兒也大叫，哇啦哇啦，不知道吼些什麼。

可憐的貓頭鷹風鈴，簡直嚇呆了。要不是媽媽趕過來勸架，眼看著她們倆就要打起來了呢！

「或，或，或，」可憐的貓頭鷹風鈴，它是高興得太早了，這下子，只能苦笑；山歌唱不出聲了：因為，因為——

「哼，看到你就滿肚子氣！」隔天一早，鳳兒先起床，紅腫著雙眼，把「親愛的大姊」幫她挑選的「生日禮物」丟進抽屜裡。

可憐的貓頭鷹風鈴，驚慌失措地摔了個大觔斗，接著抽屜一關，留給它一片黑暗。

「老天，這樣對待我，太沒道理了。」它在黑暗中傷心地喃喃自語：「她們會忘了我嗎？」

「朋友，你好。」黑暗中，是誰在問候？噢，貓頭鷹風鈴適應了黑暗，看到一本相簿，許多相片上上下下地疊著。

「你不太了解她們吧？嘿嘿，別誤會她們，她們並不是愛吵架的姊妹，你總得諒解諒解，我很清楚她們倆啦，從小到大，你看，這些是她們小時候的照片，這是姊姊，這是妹妹，多可愛哪！」

一幀幀彩色的照片排列在貓頭鷹風鈴眼前，是的，多可愛的兩個娃娃。

「從前她們都非常和樂，很少吵架，小時候，鄰居向姊姊說，妹妹送別人好不好？姊姊就哭著不跟鄰居好；誰要是向妹妹說，要把姊姊帶走，妹妹就會生氣的捶那個人呢！」

相簿翻著姊妹倆的照片，很懷念地說：「最近她倆有點兒愛吵架，可是她們一向不是這樣的，過些日子，我想她們就會和好了。」

貓頭鷹風鈴點了點頭，在抽屜中和彩色照在一起，不知過了多久，漸漸的，聽到兩姊妹的聲音越來越少。有一天，貓頭鷹風鈴驀然發現，已很久沒再聽到兩姊妹說話的聲音，它正詫異是什麼因素時，抽屜被打開了。

鳳兒小心翼翼地拿出貓頭鷹風鈴，整理好，又掛在「老地方」，貓頭鷹風鈴四下張望，沒看見珍兒，而鳳兒却愁眉苦臉地撥弄它。

「ㄍㄚ啦！ㄍㄚ啦！ㄍㄚ啦！怎麼回事呀？親愛的大姊那裡去了？」貓頭鷹風鈴大聲地問著。

只見鳳兒走到書桌前，拿出信紙，提筆寫著：「親愛的大姊！妳到新學校去一個多月了，住宿還習慣嗎？妳不在家，我覺得很沒味道，太想念妳了……」

桌上另一封已展開的信，是珍兒寄回來的，寫著：「親愛的爸爸媽媽妹妹弟弟：學校快要考試，這個星期又不能回去了，非常想念大家，尤其是妹妹……」

（一九八〇年二月．時報周刊）

27

小勇士的晚安故事

黃昏的時候，媽媽從二樓窗口看見在鄰家院子玩的小芳，唉呀，鄰家的小男孩踢了她一下，她哇哇大哭了。

小朋友在一起玩，難免會吵架的，要是大人太「雞婆」要去管他們的話，哼，那才笨呢！瞧！不到一分鐘，他們又和好了。不一會兒，換成小平在哭了，不一會兒，換小榮哭了，再過一會兒，他們又笑呵呵的啦。

晚上，小勇等不及看電視「行的安全」的節目，就開始打呵欠。「啊哈——好睏哪，九點還不到呢！阿——阿，呵！」他伸了伸懶腰，趕緊去冲了一杯牛奶喝下，又急著去刷牙。小芳受到「感染」也覺得好睏好睏。

「媽媽，我們要睡覺了，今天我們乖不乖？能不能聽故事？」他們問媽媽。

「嗯，好吧，今天沒有超過九點，可以聽一個故事，」媽媽看了看兩個累呼呼的孩子，說：「趕快上床躺好。」

小勇和小芳叫了一聲：「好棒！」各自跳到自己的小床上，蓋好棉被。記得小時候，媽媽每個晚上都講一個故事送他們進入夢鄉，自己會看故事書以後，都因為超過九點才睡，媽媽就說：「太晚了，不能再聽故事。」很難得再享受躺在被窩裡聽故事催眠的滋味了。

「我來說一個小勇士的故事。」媽媽在小勇床沿坐下來，替小勇拉拉被子。

「媽，不能跟書上的一樣哦！」小勇睜大眼睛，怕自己一不小心會很快地睡著，聽不到故事的結尾。

「絕不一樣。」媽媽保證。

「要有公主才好聽。」小芳建議。

媽媽說：「好，現在要開始了，注意聽哦！」

「從前有一個小勇士，住在一座城堡裡，那座城堡的樓上有一扇窗子，城堡的女王每天早上起床以後，就走到窗子前，打開窗子，讓清爽的晨風吹進來，然後她就問：「太陽公公，起床了嗎？」

太陽公公一聽女王叫他，就趕快跳上金馬車，開始工作。

女王又問：「小鳥，小鳥，你們起床了嗎？」

小鳥們一聽，女王在叫，一隻接著一隻飛到窗前，吱吱地唱歌。

女王對國王說：「國王啊，快餵小鳥兒吃東西吧，他們肚子餓了。」

小勇想起爸爸每天餵鳥兒的情形，不覺露出會心的微笑。媽媽又接著說：

「有一天，女王在城堡裡工作的時候——」

「媽，女王為什麼還要工作？」小芳訝異地撐起身子：「女王生公主就好了嘛！」

媽媽笑著說：「女王的工作很多的，因為國王喜歡吃女王煮的飯和菜，所以女王每天都要到廚房去，親自煮三餐。國王的房間裡，衣服和書都會丟得亂七八糟，女王要幫他整理；還有小勇士和公主，女王要陪他們讀書遊戲，衣服脫線了，幫他們縫好；地板有沙子，女王還要拖地板；國王的指甲要是太長，女王就幫他剪；小勇士的玩具不見了，女王幫他找；公主要唱歌，女王就變成『聽眾』，聽她唱……」

「如果是我，我就自己唱自己聽，不會去麻煩女王，她實在太忙了。」

小芳想起自己常纏著媽媽，要媽媽當觀眾、當來賓，替她打拍子。她眨了眨眼睛，看著媽媽。

媽媽連忙說：「其實女王很喜歡聽公主唱歌，因為公主實在唱得好聽，只要公主不要求女王『規規矩矩』坐著聽她唱的話，在女王工作的時候，一面工作一面聽歌，不是很好嗎？」

「對，有道理，媽，您就叫那位公主要那樣嘛！」小芳微笑著躺下。

「媽，女王工作的時候，怎麼了？」小勇提醒媽媽。

「喔，對了，女王在城堡裡工作的時候，公主跑到外面去玩，不見了。到吃飯的時候，還沒回來。」

小勇士說：「女王，請不要害怕，我知道公主在哪兒，我去救她回來。」

小勇士就帶了他的寶劍，走出城堡，女王站在樓上的窗口，看見他走到巨人鐵甲大門那兒，用力地敲門。啊！巨人不肯開門，小勇士生氣了，就爬上旁邊的一棵大樹，從樹枝上跳到牆上，然後溜進巨人的國境裡去。

巨人養的大狼狗聞到小勇士的氣味，汪汪汪地叫起來，可是小勇士很勇敢，他高舉著寶劍衝過去，大狼狗跳起來，打掉寶劍，小勇士一點兒也不慌張，他抱住大狼狗的脖子，不知道向大狼狗說了什麼話，大狼狗竟乖乖地退到一旁，搖著尾巴表示歡迎……」

「媽，我知道，小勇士跟大狼狗說：哈利，哈利，如果你是我家的狗就好了，我會天天帶你去散步！」小勇小聲地、急切地說。

「噢？真的？我想大狼狗聽到他的話，馬上就跟他做朋友了，所以就讓他通過了。」

小勇士往前走，遇到一座玻璃山，山上長著許多玻璃樹和玻璃草，腳踏上去，嘩啦嘩啦的，玻璃樹都露出尖銳的牙齒，玻璃草也兇猛地往上扎，小勇士小心地繞過玻璃山，遇到一座塑膠山。

塑膠山上到處是陷阱，紅紅綠綠，各種顏色的塑膠玩具，看起來很可愛，可是拿起來一看，不是破了就是壞了，還有整片的塑膠沙漠、塑膠沼澤，小勇士不怕，就踢開陷阱，越過沙漠，涉過沼澤，然後遇到一座布船山。

布船山，山上躲著許多精靈，有手、沒有頭、有身子、沒有腳，所有的精靈都擠成一堆，小勇士從旁邊爬上山去，把那些精靈踩在腳下，命令他們向前開航，小勇士當船長，從船尾跑到船頭，再下山去，遇見了紙洞山。

紙洞山很高，有地道、有大柱子、有天橋、有拱門，小勇士先經過拱門，推倒兩條大柱子，然後進入地道，彎來彎去，差點迷路，後來看見天橋，就爬上天橋，看見穿著戰袍的巨人，頭上戴著鋼盔，身上披著鐵片，拿著長長的鋼條，穿著厚重的鐵鞋。

小勇士大叫：「公主，公主！我來救妳了！不要哭了！」

公主在巨人後面回答說：「快來救我呀，我肚子餓了，要回城堡吃飯了！我不要跟巨人的小孩玩了！」

小勇士就跳下來，伸出腳踢倒了巨人，巨人太笨重了，一倒下就爬不起來，小勇士趕緊帶著公主回城堡去，正好趕得上跟國王和女王一起吃香噴噴的晚餐。」

小芳嘻嘻地笑著，又打了一個長長的呵欠，小勇的眼皮已經澀得很，不知什麼時候上眼皮已搭在下眼皮上，沉重得再也張不開了。

小芳說：「女王說，公主和小勇士都很骯髒了，頭髮臭臭，應該趕快去洗澡。」

他們就輪流在城堡裡的熱水游泳池洗澡，換上乾淨的衣服。到了晚上，女王的工作做完了，公主又想出一個工作——請女王講故事。女王很仁慈，答應公主的要求，就講了一個『小勇和小芳』的故事，嘻嘻嘻……呵——睏……」

夜，靜了。

小勇想著鄰家大院子裡的「寶山」。

鄰家王叔叔是舊貨商，專門收買各種壞銅舊錫、廢紙破布、爛鐵古董，院子裡一堆一堆的。在媽媽的故事裡，爛鐵變成笨重的巨人，破布堆變成裝著精靈的大船，還有可怕的玻璃碎片，閃著玻璃樹、玻璃草的光輝，還有……

「啊，原來媽媽也看到我爬牆了！」

小勇想到「小勇士爬樹跳牆」的事兒。

「明天，我要告訴女王，小勇士不應該爬樹跳牆，太危險了，並且要謝謝女王原諒他。」

小勇進入夢鄉，夢見他拿著報紙捲成的寶劍，向巨人挑戰……

（一九八〇年三月・時報周刊）

28 空中的聚會

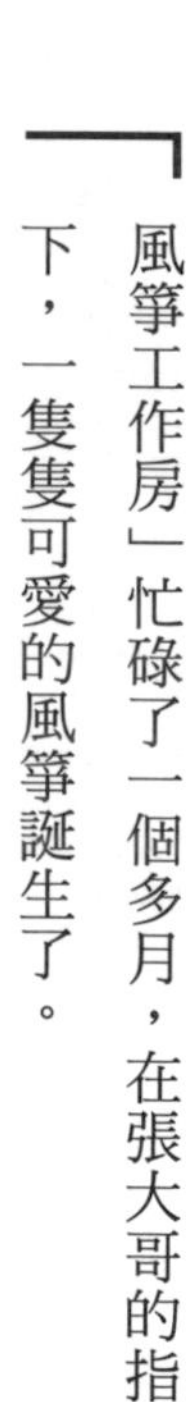

「風箏工作房」忙碌了一個多月，在張大哥的指導下，一隻隻可愛的風箏誕生了。

過了中午，大草場漸漸起風。張大哥領著孩子們，戴著帽子，提著風箏和工具袋，一起到大斜坡那兒。從大斜坡往下跑，就是大草場，天高地闊，是最好的放風箏場所。

孩子們把風箏排列在斜坡上，打開工具袋，拿出手套和提線，準備試飛。

「我要先飛，我要先飛！」風箏們爭著要先上天去，張大哥抬頭看了看天空，聞了聞空氣的味道，風輕輕地從他頰邊拂過，不知道說了什麼。張大哥微笑著點了點頭說：「小的先來，小的先來，蜻蜓和金魚最小，先讓他們試飛看看吧！」

小蜻蜓和金魚高興得跳起來，他們兩個都有大眼睛，蜻蜓弟弟有四片狹長的翅膀，肚子分成三截，搖搖擺擺的，金魚小妹身上有橙色的鱗片，穿著白紗裙子，一昇上空中，白紗裙擺蕩著，真是好看。

過了一會兒，風吹過來，扯了扯張大哥的衣袖，張大哥笑呵呵地說：「好，好，現在老鷹和蝴蝶可以上去了。」

老鷹展開大翅膀，蝴蝶更是張開色彩艷麗的翅膀，迎著風飛起來。老鷹先生的頭部是立體的，尖尖彎彎的鈎嘴，看來好兇猛。蝴蝶小姐穿著最美麗的衣裳，引得許多花兒都抬頭看她。

又過了一會兒，風掃了一掃張大哥的頭髮，把張大哥的帽子掃了下來，風把他前額的一綹髮也掃了一下，張大哥舉起手，把頭髮拂開，大叫著：「準備，仙女和大章魚——」

仙女，臉上帶著微笑，古典的衣裳鑲著亮片，長長的彩帶從肩上披下來，冉冉地向空中飛奔上去，孩子們看呆了，哇！真像是嫦娥奔月呀！

大章魚，光禿禿的頭上畫了兩個大眼睛，他吸了一口氣，往上一提「ㄕㄨ——」緊跟著仙女的裙子後追上去，八隻長腳到了空中就不乖了，張牙舞爪的模樣，彷佛把天空當作海洋，孩子們直拍手叫好，樂得大章魚更得意忘形，一個不小心，扯住金魚小妹的線。

「啊，大章魚捉住小金魚了！」孩子們驚叫了一聲——喔，還好，大章魚很快鬆了腳，晃到一邊去了，糾纏在一起可不是鬧著玩兒的。

「我們可以上去了嗎？」眼鏡蛇夫妻並排躺在地上，等得不耐煩了。

「還有我們哪！」一群白色的鳥吱吱喳喳地吵著。

「還有我，森林之王！」老虎大吼一聲。

「還，還有我哪！張大哥。」堆成一大疊的蜈蚣也急急地喊著，怕張大哥忘了他。

「好的，好的，我看看，風婆婆有什麼意見。」張大哥聽了聽風的消息，向孩子們宣佈：「送——老虎昇天——」

老虎抹抹鬍子，擺出他森林之王的威風，在天空中神氣得不得了。

「現在該讓眼鏡蛇夫婦上去表演了。」

張大哥說著，戴上手套，親自把眼鏡蛇夫婦倆提升上天。

一紅一綠的眼鏡蛇夫妻跟別的風箏不一樣，他們倆串在一起，雙雙對對，形影不離，紅的在左搖擺，綠的在右搖擺，紅的往下一栽，綠的就往上一竄，紅的向右打轉，綠的就追著紅的繞，紅的向左扭腰，綠的就向右扭腰，互相交叉，或互相追逐——大夥兒都看得目不轉睛，真是千變萬化，美不勝收呀！

張大哥把提線交給一個孩子，看看風勢，越來越強了，小的風箏似乎有點控制不住，有的開始不停地翻觔斗。

張大哥要孩子們先收下風箏，再觀察一下風的方向——看他一臉嚴肅的樣子，就像跟風婆婆在討論什麼重大的事。

「都收好，注意，現在我們要放鳥群了！」

張大哥有點擔心，因為一大群鳥要一起升放上去，得非常小心，還得注意風勢不能亂，否則群鳥亂飛，馬上就會栽下來。

三十六隻白鳥結成一大串，向天空，昂著頭，展著翅，飛上去了，那場面好壯觀啊！

好像有一隻鳥王在領導他們，在空中，他們向著同一方向拍著翅膀，而每一隻又各自上上下下的搖動，大家仰頭看著，看著，一顆心似乎化成白鳥，也飛上天去了。

在空中飛著的真鳥兒，好奇地飛過來查看，在群鳥的四周不住地打轉，惹得地上的孩子們開心地大笑。

忽然，一隻白鳥向上打了兩個轉，跟另外一隻糾纏在一起，這一來，重心不穩，最後面的那隻鳥猛地下跌，左邊另一隻鳥也衝向鳥群，瞬間整個鳥群亂了，亂了，在孩子們的嘆息聲中跌落下來。

「多可惜啊，張大哥，他們還能再飛嗎？」孩子們圍著張大哥問。

「沒問題，整理整理就行。」張大哥細心地整理糾纏在一起的線，風卻呼呼地，跟他開玩笑，放在地上的鳥兒都不能安份地躺好。

「不行，不行，風太大了，回工作房去整理吧，下次再出來放。」張大哥說著，吩咐孩子們收拾，等在一旁的黑蜈蚣大叫起來：

「我要飛，我要飛！」張大哥看看天，搖了搖頭。

「我要飛，大家都飛了，只有我沒飛，不公平！」黑蜈蚣氣咻咻地，頭在地上打滾。張大哥趕緊把蜈蚣頭追了回來。

「風太大，很危險的！」張大哥說。

「剛才都說風太小，現在就說風太大，我不怕，風大我才飛得好，我就是要風越大越好，我要飛！我要飛！」

黑蜈蚣吵著：「拜託嘛！讓我飛嘛！我飛一下就好了嘛！」

「難得風大，就飛一下吧！張大哥。」孩子們也替他求情了。

張大哥很為難地，勉強答應，但是有個條件：拉一下，讓蜈蚣飄一下就好，要不然會很難收拾。

張大哥從工具袋中搬出最粗的繩子，戴上皮手套，請幫忙的孩子們也都戴上厚的手套。提線用了三個釣海魚用的安全鉤，鉤住蜈蚣的頭部。

然後請孩子們小心地把蜈蚣的身體展開來，排列在斜坡上。圓圓的黑色身子，紅羽毛的腳，一節又一節地向後伸展、伸展、伸展，嘩——好長的蜈蚣，有一百四十節呢！孩子們雙手壓著他的身體，他還不住的扭動，單是擺在地上，就有一股懾人的氣勢。

「預備——放！」口令一下，孩子們手一鬆，狂放的蜈蚣像掙脫束縛的野馬，像凌空而上的金龍，立刻向上奔竄，遠在一百四十尺後的尾巴猛地一挑，就如空中伸下來一隻手抓著他似的，高挑挑地直翹起來。

「呼——」風穿過他的眼睛，他的眼珠子轉動，快得像風扇。

昇空的蜈蚣聽見孩子們的驚嘆聲，得意得神魂顛倒，更想往上竄。

「快收下來，快收下來！」張大哥急切地吼著，而蜈蚣卻用力掙扎，不肯下來。

再高上去！再高上去！再高上去啊！

張大哥幾乎站不穩腳步了，孩子們趕緊幫忙拉著線，十幾個人的力量，勉強不被拉走，可是蜈蚣又猛力掙扎，眼看著就要脫韁而去。

「慢慢放線——慢慢的，慢慢的，」張大哥看情勢不妙，只好慢慢的放線。

勝利的蜈蚣，愈升愈高，整綑的線快放光了，他還不知足，突然，緊繃的線鬆了，十幾個人

「啊！」地叫了一聲，跌成一團，線從空中軟軟地掉下來，鈎子脫了，失去了牽線的蜈蚣身子一軟，被風吹著向著遠方跌落……

天快黑了，張大哥和孩子們終於在兩公里外的一片蔗田裡，發現蜈蚣。

可憐的蜈蚣，歪了頭，掉了眼，折了腰，斷了腳，羽毛和線胡亂的交纏，前後疊得亂七八糟，一副狠狽不堪的模樣，慘不忍睹！實在教人看了痛心。

「唉！真慘，恐怕不能再用了！」

「唉！遍體鱗傷哦！」

「完蛋了！損傷得這麼嚴重！」

「咱們的心血都白花了！」

「糟糕透了！」孩子們七嘴八舌地搖頭嘆氣。

蜈蚣又急又怕，愧疚再加難過，全身不住地發抖。天色昏沉，他會被丟在蔗田裡嗎？不要啊，不要啊！

「不管怎樣，先救回去再說吧！」

張大哥心情沉重地指揮孩子們展開搶救的工作，把殘破的蜈蚣風箏帶回工作房去。

所有的風箏看到蜈蚣的慘狀，都嚇得不敢出聲。

蜈蚣默默地蜷曲在工作枱上，睜著剩下來的一隻眼，絕望地聽著狂吹了一夜的風，好像在吹奏悲歌，他後悔，為什麼要那麼逞強地飛翔呢？以後永遠不能再飛了，永遠不能了！

天亮了，強勁的風已無影無踪，金色的陽光灑遍大地。

工作房的門嘩啦一聲地拉開，張大哥出現了，他瀏覽著掛在牆上那些完好的風箏，一隻一隻的注視好幾分鐘，最後終於把眼光落在蜈蚣的身上。

風箏們都睜大了眼睛。

「唉！」張大哥嘆了一口氣，撫著蜈蚣說：「曾經花許多心血把你做好的，再怎麼難修，也要把你修好啊！」

「哈！」風箏們舒了一口氣。

陽光透過窗子，照射在蜈蚣身上，大家期待著一隻新生的蜈蚣風箏，姿態優美地翱翔在藍天中。

（一九八〇年五月．時報周刊）

29

晨跑的馬兒，早安！

天還沒有亮，大地仍籠罩在一片黑紗中，馬厩裡起了一陣微小的騷動，楊叔叔送第一餐來了！

「不吃飽就長不大的喲！不吃飽就跑不快的喲！」楊叔叔輕輕地唱著歌，馬兒們搖搖頭，從鼻孔裡重重的呼氣，表示他們很高興。

「阿俊，阿俊，快吃啊，你就快變成好馬了，快吃啊，好馬做事乾淨俐落，不能慢吞吞的喲！」

楊叔叔拍拍小馬阿俊的脖子，阿俊也親熱地用他的長臉摩擦楊叔叔的手。楊叔叔的手粗粗的，阿俊扳過臉一看，呀，楊叔叔手掌上包著繃帶。

「菲菲、阿哼、西西，快來看，楊叔叔受傷了！」阿俊驚呼起來，所有的馬頭都聚攏過來，關切地蹭著，有的吸氣，有的呼氣，有的想舔一舔楊叔叔的手。

「好了，好了，沒什麼，一貼小傷而已，快吃吧，等天亮就要練習跑步了！」

楊叔叔露出欣慰的笑容。他愛馬兒，馬兒也愛他。他餵馬兒吃，給馬兒洗澡，整理馬兒的房間，照顧馬兒的生活，還說故事笑話給馬兒聽，在馬兒踢踏踢踏想跳舞時，他就拍手唱歌，為馬兒助興，然後，他又像個舍監一樣，管馬兒熄燈睡覺。他是馬兒的好朋友兼保姆兼……什麼都是。

剛倒好飼料，馬場的教練助手阿成在外面叫著：「楊叔叔，好了嗎？車子已經準備好了，我們快出發吧！」

楊叔叔一聽，匆匆地把飼料桶一放，交代馬兒說：「要乖啊，我很快就回來！」就跑出去了。

「今天有點不一樣。」阿俊看著楊叔叔的背影，有點擔心，天色微明，他的心情卻不怎麼開朗。

「我看差不多。」菲菲是一匹粗心大意的小馬，覺得什麼都一樣：「別太多心了。」

「不一樣就是不一樣，楊叔叔的手受傷了，而且一大早就乘車出去。」

阿俊心裡想，是不是去給醫生看呢？要去打針吧？

阿哼「哼！」了一聲，說：「不一樣也沒什麼關係，楊叔叔不是說很快就回來嗎？」

西西笑嘻嘻地笑起來：「嘻嘻，嘻嘻，你們只顧講話，早餐要被大家吃光了！」

菲菲和阿哼都趕緊低頭吃早餐，只有阿俊，他仍遙望著楊叔叔開遠了的車子，車子越遠越小，他走近柵欄邊，想看得仔細些，前腿輕輕碰了一下，柵欄突然向外開了，阿俊嚇了一跳。

「一定是楊叔叔忘了關好！」他看著打開的柵欄，不自覺地走了出去，引頸眺望，楊叔叔的車子已隨著馬路轉過去，看不見了。阿俊越想越擔心，他走出去，慢慢加快腳步，踢踏踢踏，他竟跑了起來，跟著汽車行走的方向，越跑越快。

「喂，喂，阿俊！」滿口食物的菲菲抬頭發現阿俊跑了，他毫不猶豫地追出去。

「咦？菲菲，阿俊，你們那裡去？快回來呀！」西西和阿哼看見了，也追出去。

「喂，阿哼，幹什麼啊？」又一匹馬跟在阿哼後頭跑。

「咦？要出去了呀？走走，走，要出去了！」

接著又一匹馬，兩匹馬，三匹馬……一匹接著一匹的馬兒都離開馬廄，跟著跑，跟著追。一會兒時間，馬廄裡空蕩蕩的。

阿俊心裡只想追上楊叔叔的車，他追上公路，在公路邊躂躂躂地跑，跑到轉角處，碰上分岔路。

不知道楊叔叔走的是左邊還是右邊，他只好放慢腳步。

看看右邊的路旁有黃色、橙色的花兒開著，陽光也正從雲間、從遠方的山頂射出，斜坡舖著的牽牛花，一朵一朵地撐起紫色的小花傘。

他悠悠地向右邊的路上逛過去。

菲菲眼看著就要追上阿俊了，他放慢腳步，正想問阿俊為什麼跑到這裡來，後邊躂躂的馬蹄聲響得越來越急切，忽然又「叭——叭叭！」地響起汽車聲，阿俊拔腿又向前跑了，他只好提起腳跟，邁開腳步，又跟著跑，接著西西，接著阿哼，接著，接著，一輛汽車超越他們，車上有人大聲數著，數到阿俊，他們喊了一聲：「十七！」

是啦！十七匹馬，在公路上跑，沒有人帶著，不知他們要到那裡去。開車的人要到市區上班，阿俊跟著車子跑，所有的馬都跟著阿俊跑。

開車的人看到馬兒在追他，又驚又喜，他怕馬兒追上了，會碰到車子，就加了油門開快車，阿俊怕跟丟了汽車，他也跑得更快，開車的人想想這樣不對，就放慢下來，停在路邊。

阿俊跑到汽車旁，也停下來，磨蹭了一會兒，馬群都趕到了，汽車在一群馬的圍繞下，一直不敢動。馬群摩肩擦踵地互相推擠著，推擠著，又沿著公路前進，不多久，經過一座長水泥橋，走進了兩旁都是房屋的市道了。

市區裡車子來來往往的，上班上學的人像潮水一樣，從家裡出來，走在路上，人們發現一群馬在街頭漫步，都感到非常驚奇。馬兒們看到那麼多的人和車，眼裡也流露出有趣的神采，東張西望。

阿俊只想找楊叔叔，他特別注意每一輛車裡的人，他偏著頭，睜大眼睛看駛過來的車，開車的人看見馬在前面，不敢再開，停下車來，阿俊就走過去瞧個仔細。

前面的車一停，後面的車就不能前進，馬兒們不管紅綠燈、斑馬線，在十字路口閒逛起來，都學阿俊的樣兒，探看車內的人。

綠燈了，有的車想走而不能走，叭叭的按著喇叭。

紅燈了，那邊摩托車鑽汽車縫溜過去，碰見馬兒擋在前面，就得小心翼翼地繞過去，可是對面的汽車又擋過來了，接著又一匹馬的屁股推過來……許多車、許多人，轉來轉去，繞來繞去，都跟馬兒擠在一起，交通大亂，汽車聲、馬叫聲、人喊聲——警察來了，口哨聲嗶嗶，更把馬兒嚇得亂跳。

接獲報告的楊叔叔趕到現場，差點昏倒，他忙著安撫受驚的馬兒，小心地牽引他們帶到走廊下，警察站在十字路中，揮著手臂，指示車輛行走。

由於十字路口的交通阻礙，使得停在四方路上前進不得的汽車排了三個小時的隊，等交通恢復暢行時，乖乖，上班的都遲到了。

「嗶嗶——」白手套的警察一面指揮交通，一面想著車馬交織的場面，又好氣又好笑。

楊叔叔帶著馬兒們回到馬場，可一點兒也不覺得好笑，他氣得臉都發青了，這些壞孩子，明明交代要乖點，他很快就回來，為什麼一下子竟……

「是誰先跑出去的？」楊叔叔嚴厲地盯著馬兒們。

阿俊舔了舔楊叔叔受傷的手，然後垂下了頭，菲菲也垂下了頭，馬兒們都垂下了頭，不敢看楊叔叔。

楊叔叔檢查一下柵欄，發現柵欄開著，阿成問：「是不是有誰來故意打開的？」

楊叔叔回想清早的情形，嘆了一口氣說：「大概是我走得太急，忘了把柵欄閂好吧！唉！以後有再急的事要離開，也得仔細閂門啊！」

他拍拍馬兒們的脖子，不再責備他們了。

第二天一早，楊叔叔正在餵馬兒們第一餐時，阿成興沖沖地拿了報紙進來，給楊叔叔看。

楊叔叔一看，笑了。

一道晨曦，照亮了大地，楊叔叔把報紙拿到馬兒面前，說：

「你們看，你們上報了，報上說你們不甘寂寞，加入了『早安晨跑』的行列。」

阿俊湊過臉來，聞了聞報紙。他不知道那些和汽車擠在一起的馬頭馬屁股中，那一個是他自己，不過他覺得「早安晨跑」有意思極了。

「走吧！我們也『早安晨跑』去！」楊叔叔帶他們到馬場上，在清涼的晨風中，躂躂地展開了「早安晨跑」。

（一九八〇年十一月・時報周刊）

30 叭布小鵝

所有的小鵝都愛清潔。所有的小鵝一跳進水裡，都悠悠然地划水，美得不得了。

所有的小鵝都聽話，跟著鵝媽媽，每天早出晚歸，一步也不離開。

所有的小鵝都愛唱歌，扁扁的小嘴巴，呷呷呷的，唱著鵝媽媽編的歌兒。

啊！並不是「所有的」小鵝都那樣，為了這件事，鵝媽媽真是愁彎了脖子，愁亂了羽毛。

清早出門，鵝媽媽給小鵝們排好了隊，一二三，四五六，七，七，七，小八又那裡去了？

鵝媽媽回到房裡，看見小八又窩到床上去了，不由得瞪大了眼睛，嗓音高了八度。好不容易把他揪出來，排進隊伍裡的第二位——不這樣，說不定半路上又不見了——鵝媽媽已經一身汗了。

走到小鏡湖，不用她多嘴，小鵝們嘩啦嘩啦地，就自動往水裡跳，往湖心滑行，就如一艘艘小船。

湖面又平又靜，藍綠的湖水，映著藍天白雲，映著樹和蘆葦的倒影，一身潔白的鵝媽媽，在湖上更迷人。

她緩緩地跟在小鵝身後，催促每一隻小鵝洗澡。

所有的小鵝都得洗澡，洗得清潔溜溜，香噴噴，人見人愛——鵝媽媽輕輕點著頭數小鵝，一二，三四五，六，七，咦？

鵝媽媽發出命令：「——全部浮好，面向我，成一縱隊，向前看齊——」

小鵝們紛紛停止洗澡，排好隊伍，鵝媽媽再仔細一數，七隻，七隻！小八又不見了！

躲在蘆葦叢裡的小八，縮著頭，一動也不敢動。

不一會兒，鵝媽媽游近了，巨大的身影籠罩住小八小小的身子，他顫慄著被媽媽推出去。

「快給我洗澡！」鵝媽媽潑了他一頭的水。

西花園的草坪，又柔又綠，四周圍著七里香，開滿白色小型喇叭花，香氣瀰漫整個西花園。

草坪中種了些扶桑花，紅艷碩大。

中間有一棵榕樹，樹下有一片涼快的陰影，那兒就是鵝兒們遊樂休憩的場所了。

鵝媽媽悠閒地蹲伏著，看著小鵝們玩得樂不可支。

唱歌的時間到了，每隻小鵝都爭著唱，小八個子雖然小小的，聲音可大了，不管別人怎麼排次序，他張開嘴就大唱：

「叭布——叭布——」

鵝媽媽生氣地說：「不准唱叭布。」並且站起身來，走到小八跟前，按著小八的頭，要他蹲下去。

大大小小的鵝按次序一個一個唱，都唱完了，輪到小八，但是小八說：「我不會唱。」

「唱吧！只要你不唱叭布，別的什麼都可以呀！」鵝媽媽溫柔地說。

「不唱叭布，我就不會唱。」小八很固執。

鵝媽媽也堅持：「要唱叭布，就不讓你唱。」

別的小鵝也勸他：「小八，唱『我家前面有籬笆』嘛！要不然唱『鵝家爸爸真偉大』也可以嘛！」

小八想了想，說：「好，我要唱了。」

鵝媽媽眉開眼笑地領著大家一起鼓掌，小八等掌聲停了，歌聲流瀉出來——

「叭布——叭布——叭叭布——」

小鵝們都笑得東倒西歪，鵝媽媽氣壞了，她嘆了一口氣，搖了搖頭。

她實在想不通，一樣是小鵝，為什麼所有的小鵝都……只有小八卻……唉！

愁眉苦臉的鵝媽媽，看起來好像生病了。她擔心得不得了，奇怪的小八，唱歌要唱叭布，不愛跟著媽媽走，又討厭洗澡，他是怎麼回事呢？他有什麼毛病？難道他不是小鵝，而是別的東西嗎？

想到這兒，鵝媽媽嚇著了，她匆匆地把小八抓到跟前來，仔細打量—小脖子、大方頭、扁扁嘴、扁扁腳，跟其他兄弟一模一樣——

還好，明明就是小鵝沒有錯。那麼……，他是怎麼搞的？

「妳為什麼不問問他，想要什麼呢？」雞嬸嬸知道了鵝媽媽的煩惱，這樣建議。

鵝媽媽問了，小八只會說「叭布」。

「妳多注意他，看他希望著什麼。」羊姨婆也提出她的經驗。

鵝媽媽注意著，啊，太注意他，只有更煩。

「趁他不注意的時候，偷聽他說了麼樣的話。」鴨婆婆說出她認為最好的辦法。

「去聽他說夢話，他想什麼，就會夢見什麼，日有所思，夜有所夢，對不對？」火雞太太大聲的插嘴。

鵝媽媽在小鵝們睡覺時，「聽」了整個晚上，沒聽見誰說夢話。

她看著每一隻小鵝，跟平常沒什麼兩樣。

他們打打鬧鬧，追追跑跑的，一會兒老三打哭了老五，一會兒老二踩了老四一腳，一會兒老大踢倒了老六的椅子，一會兒——擁在一起笑個不停，小八跟他們都一樣，只是，他還是躲著洗澡這事，他還是討厭排隊，他還是一唱歌就想唱叭布。

鵝媽媽頭疼得很，她煩得病倒了。

「都是小八惹的禍，他害媽媽生氣。」小鵝們指責小八。

「不是我，我沒有害媽媽。」小八很恐慌地辯解著。

「還說不是你，我問你，你為什麼不認真地洗澡？」老大瞪起眼睛。媽媽生病，爸爸不在家，就數他最大了。

「對，每次排隊都亂跑，害媽媽擔心，還要到處去找他，真壞！」

「就是，媽媽說不可以唱叭布，他偏偏要唱叭布，叭布叭布，真難聽！」

大夥兒七嘴八舌地數落小八，小八眼圈紅紅的，都快哭了。

他想起有一天中午，他正熱得難受，在圍牆邊看見一輛奇異的小車，車上畫著好看的圖，真是奇妙，他看見那圖畫，就不覺得熱了，那時恰好小車「叭布」叫了一聲，從此他就開始愛上叭布，心裡時時想著叭布，他覺得叭布是世界上最好聽的聲音，用來唱歌，有什麼不好呢？他也想不通，媽媽為什麼一聽他唱叭布就生氣呢？

就因為媽媽禁止他唱叭布，所以他才沒精神跟大夥兒排隊，才討厭跟大家一起洗澡的呀！

小八流著眼淚，向媽媽發誓：「媽媽，我以後不再唱叭布了，媽媽，您趕快好起來，不要生病，我不要再想叭布，不再使您生氣……」

「小八呀，你告訴我，」鵝媽媽問：「叭布到底是什麼？為什麼你要唱叭布？」

「叭布——叭布——」忽然一陣叭布聲傳來，小八眼睛霎時亮了起來，他興奮地說：「聽，媽媽，叭布來了！」

鵝媽媽向窗外一看，喔，是羊叔叔哪，踩著一輛漂亮的小車，車上有漂亮花邊的彩色傘，叭布叭布的唱歌，把小鵝們都吸引過去了。

這下子鵝媽媽才知道，原來叭布不只可以唱，還可以吃喔，香香的，甜甜的，涼涼的，綿綿的，含進口裡就化了，鵝媽媽一下子就愛上了叭布。

「媽媽，我可不可以唱叭布？」小八邊吃叭布，邊問鵝媽媽。

「那還用說，」媽媽點了點頭。

「叭布——叭布——」小八樂得直打轉。

「叭布——叭布——」鵝家孩子都唱個不停。

排著隊到湖邊，一路上小八唱著叭布，排在隊伍裡，走得整齊又有精神，到了湖邊，沒有誰催促，他自己就跟著哥哥姊姊跳進水去，嘩啦嘩啦的洗澡。

鵝媽媽繞著湖，露出欣慰的微笑。早知道叭布那麼好，不是省了許多麻煩嗎？

一二三，四五六，七——咦？怎麼又少了一個？小八又那裡去了？

鵝媽媽正想到蘆葦叢中去找，潑啦一聲，身後冒出一個鵝尾巴，不住地搖擺，回頭一看，哈，正是小八，他已洗得光潔明亮，兩眼神采奕奕，游過來依偎著鵝媽媽。

他唱：「叭布——」

鵝媽媽也高聲回了一句：

「叭布——」

（一九八〇年十一月·時報周刊）

31

小青蛙求雨記

山腳下有一個大池塘，住著一大群青蛙。大池塘水汪汪的，青蛙們在那兒游泳、唱歌、跳水，日子過得很快活。

「呱呱，呱呱，我的名字叫呱呱，
呱呱，呱呱，我愛跳水頂呱呱，
呱呱，呱呱，我會唱歌頂呱呱，
呱呱，呱呱，游泳技術頂呱呱！」

小青蛙呱呱一高興，就呱呱唱個不停。

「哈哈，你少唱一句啦！」大青蛙嘓嘓笑著拍拍肚皮，說：「呱呱，呱呱，吹牛大王叫呱呱！哈哈哈！」

「我才不會吹牛呢！」呱呱一點也不在意地說：「說真的，我別的都行，就是吹牛不行，還得多多向你學習呢！」

「哈哈哈！」青蛙們都笑做一團。

得了跳水冠軍的呱呱，沒事就練習跳水，準備在下一次的比賽中再表現一番。他從池塘岸邊凸起的大石塊上向下跳，應該是「噗通」一聲，水花四濺才對，可是，這一次有點不太一樣，「噗啦！」呱呱碰到池塘底的泥土了。

「怎麼回事？我跳的位置不對嗎？」他爬上岸來，選好地點，再跳一次。

「噗啦！」又碰了滿頭泥土。

「怎麼搞的？是不是我太用力啦？」

他又爬上岸，巡視四周，青翠的布袋蓮上開著淡紫的花兒，柳條兒絲垂下來，他看看天，看看地，看看活潑蹦跳的伙伴們，什麼都跟平常一樣，照理來說，他也應該沒兩樣才對。

「再跳一次看看，輕輕地跳，我昨天又沒吃什麼仙丹，難道真的會是力氣太大了嗎？」他選了最高的跳水臺，深呼吸，一，二，三，美妙的輕輕一躍——

「噗啦！」這次沒有滿頭的泥，但是他的身體拖過泥底，他知道毛病在那裡了！

「喂喂，你們別唱歌啦，咱們池塘的水快乾了！」他告訴一群唱歌的青蛙。

「喂喂，你們別聊天啦，咱們池塘的水快乾掉了！」他告訴一群聊天的青畦。

「別打瞌睡了，別練跳高了，大家快想想法子，池塘的水快乾掉了呀！」

「是要鬧旱災了吧？那是很可怕的事呀！」一隻老青蛙阿迷想起很久以前鬧過的旱災。

「不可能，昨天我才從我的女兒那兒回來，我女婿的池塘，水多得快鬧水災了。」另一隻老青蛙糊糊說。

呱呱看看天，看看地——

萬里晴空，只有太陽熱烘烘的，地面上，遠方都是一片青翠，只有這裡，哼，不仔細瞧還真難發現出來，那些青翠的布袋蓮，不都有點發黃了嗎？水少了，布袋蓮受不了，都擠成一大片啦！

他們立刻召開「多嘴會議」，討論了又討論，最後做了結論：

本池塘的水少了，是因為沒有下雨的關係。

派代表請雨婆婆降雨下來。

他們又偷偷地附加一條：要是雨婆婆不肯降雨的話，以後他們也不再合唱給雨婆婆聽。

會議結束了，誰當代表去請雨婆婆呢？

「我！」呱呱舉起他的右手，大聲說：「為了要使咱們的池塘早日回復水汪汪，我願意努力去請雨婆婆！」

呱呱背個小包袱，在所有青蛙的祝福下，向著北山出發了──他們認為，東山和西山，是太陽和月亮的家，南山是星星的家，北山是雷公和雨婆婆的家。

走了很久，終於到了北山，找到雨婆婆。

雨婆婆聽完呱呱的話，很為難地說：「不是我不給你們降雨，你們要知道，如果雲仙子不來的話，我也無能為力呀！所以，你得去找雲仙子，她肯到你們池塘上空去的話，我馬上就能降雨的。」

呱呱問清楚了，雲仙子住在空山，他趕緊朝著空山出發。空山可真難找，有時出現，有時不見，呱呱運氣不錯，找了一百零一次，空山出現了。

「雲仙子啊！我們池塘的水快乾了，拜託妳到我們那兒去一下，好讓雨婆婆下點雨救救我們吧！」呱呱請求雲仙子。

雲仙子胖胖柔柔的臉紅了，她說：「我很高興到你們那兒去，可是，你要知道，這都得看風伯伯的意思，他怎麼吹，我怎麼飛，不是我不想去，你懂嗎？」

「老天，這麼說，我得去拜託風伯伯了？」

「可不是嘛！不過，你也別愁，風伯伯隨時會來的，他剛剛颳過一陣大風。」

雲仙子伸出軟軟的手，指著前方一排搖搖擺擺的樹，說：「你看，風伯伯跑到那兒去了，你快去追他吧！」

「呱呱，呱呱，風伯伯，等等我呀！」

呱呱來不及向雲仙子道聲再見，一蹦一跳地追著風伯伯去了。

風伯伯的速度好快，才拐個彎，那一排樹都靜止不動了，呱呱趕緊來個三級跳，又撿了一根小竹子撐竿跳，好不容易踩住了風伯伯的披風尾巴。

「呼，累死我了，風伯伯，您跑得真快哪！」呱呱跌坐在地上直喘氣。

「快？當然啦，我要不是剛剛大發作過的話，還可以更快哪！」風伯伯也喘著氣：「什麼事找我呢？」

「風伯伯，拜託您，我們的池塘快乾了，等著雨婆婆去降雨，雨婆婆得等雲仙子飛過去，雲仙子得等您吹她呢！」

「哦？」風伯伯抬頭看了看呱呱所指的方向，說：「要我吹風，那不成問題，不過，我現在力氣差了，你們那兒有一座好高的山擋著，我沒辦法吹過去哪！」

「那怎麼辦呢？風伯伯，拜託您呀！」呱呱一聽，著急起來。

「我想，要是那頑固的山老爺肯低下頭，或是站開點，我就可以把雲仙子吹過去了。」風伯伯說。

「好吧，那我這就去拜託山老爺啦！」

呱呱揮了揮手，說：「再見，您要是看見山老爺站開了或是低下頭了，就得趕緊把雲仙子吹過來唷！」

呱呱跳呀跳，心裡好急，頑固的山老爺肯站開嗎？要特別特別有禮貌才行喔！他向著高山前進，不停地跳呀跳，跳呀跳，終於到了山腳下，急忙去找山老爺。

「山老爺，您好，我叫呱呱。」呱呱跳到山老爺面前，行了個三指禮。

「呵——哈——睡得真舒服！什麼事吵醒我呀？」山老爺打了個呵欠，瞇著眼瞅著呱呱。

呱呱把事情說了，但是山老爺又垂下了眼皮，說：「我很同情你們，不過這事我也沒辦法，不是我不願意動，實在是我動不了哇！我在這兒幾千幾萬年了，幾時動過呢？」

「真的不能動一下嗎？低個頭也不行嗎？」看著笨重、龐大的山老爺，呱呱失望地，淚汪汪的跌坐在地上。

他垂頭喪氣的回到池塘邊——水，更少了，布袋蓮顯得更擁擠，整個池塘失去了生氣，籠罩在一片愁雲慘霧中。

「求人不如求己，咱們自己想辦法吧！」青蛙們勉強打起精神來，再召開「多嘴會議」，蛙多嘴雜，意見多多，有的提議「節約用水」，有的提議「每蛙負責運來一桶水」，有的主張接條水管，有的說要全部動員打井。

「我倒覺得，布袋蓮好像越來越多了，應該清除掉一些，要不然我要往那兒跳水呢？」

呱呱想，他的朋友大白鵝最愛吃布袋蓮，扛一大袋當禮物去送給大白鵝，順便請教一下，看他有什麼建議，可真是一舉兩得。

「脆，脆，真好吃！」大白鵝吃得高興極了，他說，等雨來之前，先整理池塘環境，一定可以改善。於是他帶了一大群同族去「拜訪」大池塘。青蛙們也忙著清除岸邊的雜草。

大白鵝們不客氣地大吃布袋蓮，「脆，脆，脆！」聚在池塘上游的布袋蓮，被大白鵝吃掉了，清澈的水嘩啦啦往下沖，不多久，池塘又回復了水汪汪的面貌。

「好呀，好呀！呱呱！」呱呱大叫著：「不用求雨婆婆，不用求雲仙子，不用求風伯伯，不用求山老爺，我們自己救了大池塘，呱呱，呱呱，謝謝白鵝救難大隊！」

一隊大白鵝，各自扛著一大袋布袋蓮，心滿意足地向大池塘道別了。

大池塘的青蛙們，泡在水裡游泳，開心得不得了，連小蝌蚪都快活的拼命擺尾巴，游來游去。

呱呱選了岸上的老地方，「噗通！」一聲跳下水，哇！還沒出現水花呢！現在池塘的水又深又綠，可比以前清爽多了。

「呱呱，呱呱，我的名字叫呱呱，
呱呱，呱呱，跳水技術頂呱呱，
呱呱，呱呱，池水汪汪頂呱呱，
呱呱，呱呱，我不吹牛叫呱呱！」

（一九八一年六月．時報周刊）

32

美麗的鼻子

「紅眼睛，白毛袍，小兔子，相貌好……」

小兔子潔潔在鏡子前左瞧右看，梳理著她潔白的毛外套，輕快的歌聲，蕩漾在芳香的空氣中，粉紅色的緞帶蝴蝶結，繫在耳朵上，顯得她更加嬌媚。

呵，小猴子空空約她去喝水果茶呢！

呵，小烏龜阿慢請她去看故事書呢！

她快快樂樂地打扮好，蹦蹦跳跳地出門去。

「蹦蹦跳跳小白兔，
活潑天真愛跳舞，
白白毛兒細細梳，
最美麗的小白兔！」

她邊唱邊跳，跳進樹林小路。忽然，一陣高亢的歌聲和著嘩啦啦的水聲，從路邊傳來。潔潔停下了腳步，傾聽了一會兒。

「…我真美麗，我真可愛……」歌聲中那樣唱著。

潔潔想：會是誰呢？讓我邀「美麗可愛」的一起去喝水果茶，一起看故事書吧！

她往路邊一拐，走上圓葉子鋪著的路，路的盡頭是一個池塘，在塘中沐浴高歌的——遠望是一個彎彎的2，潔潔以為是天鵝呢，走近了才看清楚，原來那個2不是脖子，而是小象的鼻子。

小象用鼻子吸了水，往自己的身上一噴——嘩啦啦！

潔潔看著，看著，摸摸自己可愛的小鼻子和修長的耳朵，忍不住咭咭笑了起來。

「哇，太可笑了，那麼粗、那麼長的鼻子，呵呵呵！那麼大的耳朵，哈哈哈！那麼胖的身體，大胖腿，尾巴卻那麼細，哈！醜死了！笑死我了！」

潔潔笑得真想在地上打個滾，可是為了保持身上白淨淨的毛，她忍住了，她抱著肚子，笑得前俯後仰。

在水中的小象聽見潔潔的笑聲，呆住了。

他一向認為自己很可愛，很漂亮，從不覺得長鼻子有什麼可笑，大耳朵有什麼醜，看見嬌小的潔潔，再聽到潔潔所說的話，他羞紅了臉，垂下了鼻子，兩隻小眼睛裡充滿了眼淚。

「再見，醜八怪，我可不能邀你去喝水果茶，我想你一定也笨得看不懂故事書。咭咭！太可笑了！」潔潔一轉身，蹦蹦跳跳地走了。

潔潔抬頭看了看天空，發現這一耽擱，浪費了不少時間，她的朋友一定等急了，於是她加快速度，心裡覺得很痛快——可不是，大笑那一場，她更開心了呢！

「對啦！我記得往左拐有條長葉子和厚葉子的小路，雖然很少走，不過那倒是一條捷徑。」潔潔念頭一轉，幾乎沒怎麼考慮，就往左邊的小路衝進去。

「嘩啦！」一聲，潔潔衝進陷阱裡去了，那是一個很深的地洞，還積了一些泥水，可憐的潔潔昏過去了，她一身漂亮的白毛泡在泥水中呢！

等到潔潔甦醒過來，天色已有點昏暗，她心慌意亂地在地洞中尋找出路，但是垂直的土壁又硬又滑，往上跳也跳不出去；她肚子餓了，地洞的壁上卻只有一些乾草。

「救命呀！救命呀！」潔潔急得團團轉，淚汪汪。

天色漸漸暗了，地洞中已是一片昏黑，潔潔無助地哭泣著，又餓又累，害怕得不得了。

忽然地洞上面傳來腳步聲……

「糟了！是不是獵人來了？」潔潔閉上眼睛，渾身發抖。

「潔潔——妳在那裡？」

「潔潔——妳在那裡？」

焦急的呼喚聲，傳進潔潔的耳裡，是小猴子空空的聲音，是小烏龜阿慢的聲音，潔潔高興得立刻站起來，她的身體抖得更厲害。

「空空，阿慢，快救我呀！我掉進地洞裡了！」她朝著天空喊。

「在那裡呀？繼續說話，我們在找妳——」空空說著，一面用雙手撥開野草，一面用腳踩。

「唉呀！我找到地洞了！」小烏龜阿慢叫了一聲，「咕咚」一聲，也掉進地洞裡，摔在潔潔身上，把潔潔嚇了一跳。

「老天，你怎麼也跳進來了，很難出去的呀！」潔潔幫阿慢翻了個身。

「真糟，我沒想到洞口好滑，一探頭就掉下來了。」阿慢叫著：

「空空，小心點啊，找到洞口了嗎？」

空空的頭在洞口出現：「不要怕，我來救你們。」

空空趴在洞口，伸手進去——搆不到，還差一大截呢！她扯了一條蔓藤，放進地洞裡，但是兔子和烏龜的爪子都抓不住蔓藤。

「怎麼辦？」空空想了想，大聲問：

「我找人幫忙，放水進洞裡，水滿了，你們就可以浮上來了，好不好？」

「噢！那會淹死我咧！」潔潔叫了起來。

「那……我推些石頭下去，讓你們墊腳，好不好？」

「妳會把我壓死！」輪到阿慢叫了起來。

空空急得直抓頭，吱吱叫。這時那隻醜小象正好經過。

「怎麼回事啊？」他親切地問小猴子。小猴子指一指地洞，小象一看，立刻就明白了

「沒關係，讓我來吧！」他跪下前腿，把長長的鼻子伸進地洞裡，長鼻子一捲，就把潔潔給捧上來了，潔潔就像坐在搖籃一樣的安全舒適。

再來一次，小象也把小烏龜安全地抱上來了。

潔潔定下神來，仔細瞧一瞧她的「救命恩人」——咦？不就是她在池塘邊看到的——醜八怪嗎？

潔潔臉紅起來，她覺得很難為情。

阿慢正在謝謝小象的搭救，你說：「嘿！你的鼻子真棒！明天請你看故事書好嗎？我有很多故事書！」

空空也熱絡地拍著小象的鼻子，說：「真謝謝你啦！明天我請你嚐點好吃的，香蕉、花生……要什麼有什麼哩！」

潔潔眼睛濕濕的，親親小象的鼻子，說：

「嘿！你叫什麼名字呢？讓我們做個好朋友好嗎？明天我要縫一個很漂亮的蝴蝶結，送給你的鼻子！」

（一九八二年一月．國語週刊）

33

蛤蟆搬家

春風吹起，一窩冬眠的蛤蟆陸續地活躍起來，從樹洞裡，從瓦礫下，從草堆中，嘓嘓地傳出試唱的聲音。

「嘓嘓，春天來了，真好！」一隻隻的蛤蟆探出頭來，蹦蹦的練習蛙步，心裡充滿了愉快，互相打招呼。

「春天來了，真好！」小蛤蟆阿亮蹲在一堆枯葉上，深深地吸了一口氣。嗯，春天的味道，綠綠的，暖暖的，很舒服啊！

「阿啾！」忽然一股怪味，嗆進他的鼻子。擡頭眨了眨大眼，放眼四處瞧瞧，啊呀不得了，前方有一個黑白灰藍夾雜的妖怪，面目猙獰地向他撲過來，嚇得他一個倒栽蔥，向後翻身，趕緊躲在破磚塊下，大叫著：

「救命呀！妖怪呀！」

蛤蟆們抬頭一看，都嚇呆了，聽到老蛤蟆大吼一聲，「向後——轉，掩護！」才紛紛驚醒，尋找躲避的地方。

「那是甚麼呀？咳，咳，咳咳！」阿亮捏緊了鼻子，一張開嘴，就咳個不停，不一會，到處都是咳聲，咳得腸胃都快吐出來了。阿亮以為世界末日到了，邊咳邊掉眼淚，明亮的大眼，這會兒都不再亮了，又酸又澀的，好難受。

不知道過了多久，妖怪漸漸消失了。

蛤蟆們醒轉過來，探出頭，「劫後餘生」，那種感覺使他們一個個都顯得失魂落魄的。

「阿古呢？」

「在……這兒呢！小瓜呢？」

「我在這兒。老哥哥在那兒？」

「在，在，哦哦，真可怕呀！」

老蛤蟆想了一想，查看一下周遭環境，說：「記得很久以前，我看過一次那種妖怪，對了，就是那種，那是火精在玩遊戲，他把烟精推到前頭，自己就躲在下面吃東西，烟精倒沒有甚麼可怕，火精才真正可怕呢！他想吃甚麼，就會吃得一乾二淨，而且他甚麼都吃，會動的、不會動的、軟的、硬的，他都不在乎。」

「噢！嚇死我啦！」阿亮叫了出來：「光是烟精就夠嗆死我們啦，背後還有個火精？」

「別怕，」老蛤蟆定下神來，安慰大家：「烟精怕風，風一吹，他就消失了，火精胃口大，也不一定吃我們，只要我們站遠點，他也碰不著我們的。」

「可是烟精會弄瞎我的眼睛，也害我喉嚨痛。」吉哥捏著自己的脖子。

老蛤蟆說：「這次是我的疏忽了，應該叫大家避到『上風』的地方，烟精只往下風的地方跑。好了，別緊張，我很久以前看見過一次，直到現在，才再看到，等你們下回再碰到這種事，恐怕也是很久以後才有可能了，暫時別擔心這個問題啦！」

空氣中瀰漫著一股淡淡的焦味，一直過了好幾天才散掉，蛤蟆們開始放心，他們想，老蛤蟆說得不錯，也許想再看一次烟精和火精，是下輩子的事了呢！

然而有一天黃昏，蛤蟆們吃過豐盛的晚餐，突然劈哩趴啦的一陣響聲，烟精又來了！這回連穿紅衣的火精也來勢洶洶，在烟精後面瘋狂地跳舞，張牙舞爪的模樣，使得避在圍牆上的蛤蟆們都楞住了。

發綠的臉還沒有復原，第三次，那兩個駭人的東西又來了。

老蛤蟆仔細打量，唉，唉，原來一個冬眠過後，這個廢池塘變成垃圾場了。垃圾場總是要常常邀請火精去大吃大喝，要不然變成垃圾山可不得了哩！

✿

「我們要認清事實，」老蛤蟆召集了所有的蛤蟆：「這個地方是變了，不可能像以前一樣，而且從垃圾每天增加的速度來看，火精很可能每天都來。」

「那我們怎麼辦呢？」蛤蟆們憂心忡忡，議論紛紛。

天涯何處無芳草，既然這個地方不能住，那唯有搬家了。

搬！搬家！去找一個好地方，能讓大家住得愉快！

搬！搬家！去換一個新地方，能讓大家過得安樂！

一個接著一個，大大小小的蛤蟆向南行，那是春風吹來的方向。不久就找到一個好地方了，那兒住著油精，管理一片油庫。油精告訴蛤蟆們，他絕對不容許火精靠近一步。

「這是沒有火精的地方，油精是我們的朋友，他會保護我們。」

蛤蟆們商量商量，就在油庫後面的空地上住下來。

才住兩天，很多蛤蟆頭昏，好像暈車。阿亮到處嗅了嗅，到處是油味兒，原來油精帶著油抹布，走到那兒，擦到那兒，連地上的草和石頭也都沾了一身油。

「怪不得嘴裡老是油膩膩的。」阿亮想著就覺得反胃。

「怪不得身體常滑滑的。浴缸裡頭也都是油吧！」阿古啦，吉哥啦，覺得身體都發癢。

這個地方不宜長住，再搬家吧！向著西方走，那是太陽休息的地方。

那兒有一堵破落的牆，傾斜在沼澤上，就像一座滑梯。蛤蟆們看了又看，觀察了又觀察，似乎是個很寧靜很優雅的好地方。

「不錯，歡迎你們來這兒住。」沼澤中探出兩隻小眼睛，閃動著光芒。他告訴蛤蟆們，這裡沒有火精，因為火精絕對不敢來，沼澤的濕氣使他受不了。這兒也沒有油精，他們都不受歡迎。多的是蛤蟆愛吃的蚊子，又肥又大。

「我們住這兒好，還可以溜滑梯。」

蛤蟆們住下來，沼澤地區可熱鬧了，嘓嘓嘓的叫聲，引來了饑腸轆轆的冷血動物，瞧，沼澤中露出眼睛的就是蛇精，他悄悄地爬到阿吉小瓜身後，正猶豫著不知先吃那一個時，被阿亮發現了，大叫一聲，蛇精撲了上去，差點就咬到小瓜的後腿。

沒有第二句話，蛤蟆們立刻搬家了，匆匆忙忙地，直奔向北方。

北方，北方，有一條大水溝，一段兒長著水草，一段兒溝邊有野花，還有一段兒溝底乾乾的，鋪著鬆軟的泥土，鑲著幾塊大石頭。

「這兒還不錯，只不知又會有甚麼事會發生。」

「看樣子是很安靜，先住下來再說吧！」老蛤蟆跑得太累了，伏在石頭上休息。

靜靜地，從黃昏到黑夜，他們發現月亮又圓又亮，被一根水泥柱縛在頂端。月亮乖乖地在那兒，放出光輝，把整個大水溝區，照得清清楚楚，又有一大群不知從那裡飛來的金龜子，嗡嗡嗡的繞著月亮打轉。

「太亮了，我沒辦法睡覺，月亮幹嘛不走開？」

「太吵了，我沒辦法睡覺，那些會飛的傢伙，真煩哪！」蛤蟆們在埋怨，一天又一天，好幾天都是那個樣子，蛤蟆受不了了，決定再搬家。

向著東走，那是日出的方向，行行復行行，黎明時來到了一個奇妙的地方。

有花園、有水溝，園裡有花有草，水溝小小的、淺淺的，進去洗洗澡再出來，非常舒適。

太陽出來了，阿亮跳進花園裡，頭上有葉子，葉上的水珠，莖上幾條小蟲，正好當早餐。他覺得相當滿意。

「這裡很不錯，只不知會不會再有誰來吵個不休？」老蛤蟆皺著眉。

不一會兒，來了許多腳丫，踢踏踢踏走過去，蛤蟆們躲的躲，逃的逃，生怕被踩了，像個爛茄子一樣。

「怎麼辦？這個地方能住嗎？」老蛤蟆的頭痛了。

忽然傳來一陣叫聲，夾雜著拍手聲，老蛤蟆在水溝蓋下往外一看，不得了啦，一群小孩子，他急得大叫：「注意！注意！全部躲起來，危險，超級危險！」

但是太遲了，阿亮早就被小孩子發現了，他們圍著阿亮，有的叫，有的笑，有的拍手，有的踏腳。老蛤蟆難過得差點暈倒，他記得以前有些同伴，被小孩子戲弄個夠後，又用石頭打扁，可憐的阿亮，兇多吉少哇！

「跳呀！跳呀！癩蛤蟆，跳呀！」小孩子們顯得興高采烈的。

阿亮怯怯的，頭昏沉，四肢痲痺，不知道東西南北。

「跳呀！跳呀！」小孩子又催著，忽然響起一陣悠揚的鐘聲，他們立刻停止了嬉笑，靜靜的站好傾聽。

鐘聲一停，小孩子都散開了，阿亮這才抓住機會，趕緊跳進水溝。

小孩子不見了，只傳來他們的歌聲。

柔美的歌聲剛停，老蛤蟆聽見清脆的聲音說：

「老師，老師，剛才我看見一隻小蛤蟆，四隻腳，大眼睛哦！我沒有欺負他，我們都要跟他做朋友！」

老蛤蟆這才弄清楚，這兒是一個學校，許多年紀很小的小朋友在這兒唱歌、跳舞、學習、遊戲。

蛤蟆們放心了，都大膽的跳出來，在花園的花磚上玩樂，等待小朋友出來。

下課了，小孩子跑到花園。可是，瞧他們爭先恐後地衝過來，萬一被那個粗心的小腳丫踩到了，那可不好玩啦！所以蛤蟆們又趕緊躲開了。

「我看到了，蛤蟆在跟我們捉迷藏呢！」小孩子們咯咯地笑著，掀開樹葉偷看。

阿亮很喜歡，小瓜也不怕，蛤蟆們終於不必再搬家了。

（一九八二年四月．時報周刊）

34 夜遊記

兔子媽媽在院子裡，種了一畦「好吃的」蔬菜，綠油油的葉子伸出了地面，每個清晨，兔子爸爸上班以前，一定先到菜園澆澆水，水珠沾在葉片上，看起來更青翠。

上面的長得好，藏在土裡面的，更不用說了。

但是，「好吃」都是兔子媽媽說的，小兔子柔柔可不這樣想。

她在餐桌上看到紅紅的東西就躲開。

兔子爸爸說：「柔柔啊！妳吃一口看看，很甜的喲！」

柔柔搖了搖頭。

「真的很好吃，妳看，爸爸盤子裡的都吃光了，哥哥和媽媽也都要吃光呢！」兔子媽媽也細聲地勸她。

柔柔低下頭來猛搖。

兔子爸爸挾了一塊「好吃的」，在柔柔的鼻子前晃著：「妳聞聞看，不是很香嗎？」

「怪味道！」柔柔叫了一聲，別過臉去。

兔子爸爸生氣了，每次吃飯都得這樣「戰鬥」一番，沒一次是「勝」方——怎麼哄，怎麼勸，怎麼逼，都沒有用。

媽媽又要打圓場了，說：

「算了，算了，慢慢來，下次我做得更好吃一點。」

這次兔子爸爸也學柔柔，堅持自己的意見。

「吃一口，要不然就出去。」

兔子爸爸瞪大了眼睛，他想，柔柔最怕暗了，要趕她出去，她一定會害怕的。

沒想到柔柔竟負氣地說：「出去就出去，我就不吃。」

柔柔真的走到門外去，黃昏的景色很美，大地像一幅美麗的圖畫，柔柔蹲在院子裡想了一想，不知道到那兒去才好。她等著，如果媽媽跟出來「拖」她進去，她就要跳到籬笆門那兒，讓媽媽多勸兩句才跟著回去。

但是媽媽沒有出來。屋子裡的電視機開始播放卡通了，誰也沒有出來看她或叫她。

柔柔跳回門邊，悄悄地從窗子看進去，爸爸和哥哥都盯著螢光幕，媽媽邊收拾餐桌邊哼著歌兒，好像都忘了柔柔了。

「好氣！」柔柔一扭身：「不管到那裡去，我要讓他們找不到！」

她蹦呀蹦呀，跳過院子，跳過大門，向右邊小路一轉，漫無目標地前進，眼眶熱熱的，眼淚快掉下來了。

天色一分一分地暗下去，四周的景物，漸漸變得模糊不清，路邊人家都亮起了燈光，「回家」的那種溫暖感覺使得柔柔更加心疼心酸。

不久草叢成了一團漆黑的陰影，水溝像地上一道烏黑的缺口，樹的枝椏好像伸著尖爪的妖怪，偶而傳來一兩聲「呱！呱！」的怪叫聲，嚇得柔柔心驚肉跳，幸虧這時路燈亮了，柔柔鼓起勇氣，繼續向前進。

池塘邊，一群蛙聚集在那兒，準備開每夜一次的晚會，月亮已升上天空，散發出柔和的光芒，正照射在池塘上，柔柔在池邊的小石椅上坐了下來，一隻好奇的小青蛙立刻跳過來，呱呱地問：

「妳是裁判嗎？妳是貴賓嗎？妳是伴奏的嗎？妳是伴舞的嗎？妳是計分的嗎？妳是找人的嗎？」

柔柔搖頭又搖頭，她甚麼都不是，只是出來走走而已。

小青蛙說：「那好極了，我陪妳去走走，我好厭煩這裡天天晚會，又鬧又雜，走，走，我們去走走。」

柔柔想，有個伴兒也好，壯壯膽。她和青青一起離開池塘，繼續向前進。

「或，或，」是誰在向他們打招呼呢？從路旁一棵高大的樹上，跌跌撞撞地衝下來的，原來是貓頭鷹大哥安安，他推了推鼻樑上的眼鏡，氣呼呼地埋怨：「早上一小考，下午一大考，晚上綜合考，考考考，考得頭昏腦脹，唉！你們上那兒去？我想走了，我想走了！」

「你要走到那兒去呢？」柔柔忘了自己，很同情地問他。

「走走吧！隨便走走，跟你們走，」安安拿出絨布，把眼鏡擦拭得亮晶晶地：「我被考得快爆炸了。」

柔柔、青青和安安，一起向前走，柔柔有了兩個同伴，心情好轉，一路上，青青呱呱唱著，安安「或或」地哼著，彷彿一場夜間遊行。

月亮在空中，漫漫移動，夜，漸漸深了，柔柔忍不住打了一個呵欠，她一向都很早睡，如果在家裡的話，這時候該已經聽完故事呼呼入夢了，可是現在卻還在黝黑的路上遊蕩。

「我看，我們該往回走了，我明天還有一大堆考試呢！」安安首先提議回家，不管兩個伙伴是不是同意，他停下腳步，向後轉，準備打道回府。

青青唱得興緻正高，他唱著：「呱呱呱，回家好，晚會裡，繼續唱，唱到天明，呱呱呱……」他也轉身了。

柔柔很想回家，可是她是賭氣出來的，要她就這樣回去，又有點不甘心。自己一個留在路上嗎？夜涼如水，各種奇怪的聲音從四面的黑暗中傳來，要是遇到壞蛋野狼怎麼辦？越想越怕。

「還是回去好了，先回家睡一覺，明天再重新出走，我要帶著我的小被被，帶個便當，還要帶支手電筒，還有我的小花傘，小包包，玩具箱……」

柔柔跟著安安和青青，邊走邊盤算著。

安安到家了，道了一聲晚安，上樹去；青青到家了，說了聲再見，跳進池塘裡；柔柔也加快了腳步，跳向家門，遠遠的看見粉紅色的小屋浴在燈光下，窗子都只透出微微的光，大概家人都睡了吧！

停在門外的陰影中，柔柔覺得好委屈——都不出來找她，也不等她就都睡了，真是的！眼淚掉下來，柔柔傷心的哭了，淚眼中，忽然有個影子一閃——

「啊！是不是媽媽出來找我了？」

柔柔趕緊擦掉眼淚，眨了眨眼仔細再看——如果是媽媽，她就要再哭一次，哭得可憐一點，好教媽媽聽到呢！但是——不，不對，燈光下，那是一隻灰毛的，骯髒的小兔子！一個念頭閃過，柔柔立刻警覺起來——小偷！

她睜大眼，盯著小灰兔，小灰兔悄悄走進菜園裡，好一陣子才又慌慌張張跑出來，手裡多了一個鼓鼓的袋子。

由於菜園正好在房屋的陰影裡，柔柔看不清他做了甚麼事，但是拖著一個大袋子鬼鬼祟祟的，一定是偷了東西，那小灰兔看起來，比柔柔還小呢！竟那麼大膽！

柔柔隨手拿起一支棍子——那是她白天玩兒騎竹馬放的——繞到另一邊，小灰兔正躡手躡腳地走過去，柔柔知道扶桑籬笆有個地方缺了一塊，料想小偷是從那兒進出的，她就在缺口外邊等候。

果然，笨小偷，先把袋子從缺口推出來，接著屁股也出來了，柔柔把袋子藏到身後，舉高棍子，只等著小偷拉出頭來時，一棒打下去！

「唉喲！」噗地一聲，小偷竟昏倒了。

柔柔嚇了一跳，她的力氣不大，竹棍子也不粗，怎麼小偷那麼不中用呢？

又推又搖又拍又揉的，小偷終於甦醒過來，可憐的小偷，瘦乾巴一個，柔柔拿出袋子裡的東西一看，原來是她們家的「好吃的」。

「為什麼偷我們的東西？」柔柔問他。

「肚子餓呀！」小灰兔說：「爸爸不見了，媽媽病倒了，媽媽要吃胡蘿蔔，我也想吃胡蘿蔔……」

小灰兔抽抽噎噎地回答家裡的情形，聽得柔柔也滿臉的淚，不只放了小灰兔，還送小灰兔回家去，又多提了一籃子「好吃的」呢！

回到門前，筋疲力竭，肚子又餓得咕咕叫，正好看見一支「好吃的」掉在地上，大概是送給小灰兔的那一籃中掉出來的吧！

唉！實在太餓啦，抓起「好吃的」，到小池子洗一洗，「卡卡卡」地啃了起來，好香，好香，好好吃喔！

兔子爸爸、媽媽和哥哥躲在暗處看她吃得津津有味，直到她吃完了，他們也都出現了。

「啊！今天散步得太晚了，該進去睡覺了吧！」兔子媽媽邊開門邊說著。

「是啊！走那麼長的路，又做那麼多事，可真累喲！」兔子哥哥捶捶腿，又伸了伸腰打個長長的呵欠。

打從柔柔一出門，他們就偵探似地跟在她後頭追踪了，哈，還滿有趣的呢！所有的事情他們都看見了。

兔子爸爸故意皺了皺鼻子，聞了聞柔柔，說：「咦？妳吃甚麼東西呀？」

柔柔說：「吃我們家的『好吃的』呀！明天還要吃！」

說完，就趴在兔子爸爸身上睡著了。

（一九八二年十一月．時報周刊）

35

紅鶴和小番鴨

天氣晴朗，小番鴨睡醒了，在池塘邊散步了一會兒，咬了幾口野塘蒿，算是吃過早餐，開始旅行。

「是番鴨，翅膀就得好好地揮動。」牠牢牢記著鵝大叔的話。

鵝大叔真是好人，當流浪的小番鴨混入黃毛小鵝群時，鵝大叔照顧小鵝，也照顧小番鴨，但是鵝大叔教小番鴨吃飽了就練習飛翔——現在小番鴨可真是說走就走，說飛就飛，游水潛水也都是一流的呢——然後，小番鴨離開鵝群，獨自去「尋找」了。

跑了幾步，小番鴨用力一搧，兩腳一蹬一縮，飛上天空。從空中向下看，一團團的濃綠是樹林，一片片的淺綠是草原，一灘灘藍藍白白反光的是小池塘，一塊塊黃黃褐褐的是泥土地，一條條灰色的長帶子是人們所築的公路，上面常有大型的甲蟲飛快地奔跑。

小番鴨一面瀏覽風景，一面「尋找」，肚子餓了，衝著池塘飛下去「釣」幾條魚，要是看見「奇怪的東西」，他就下去查看查看。

突然前方飛來一朵烏雲，不一會兒，轟隆轟隆的雷聲大作，下了一陣西北雨，小番鴨從陽光中飛過大雨，慌得連打噴嚏都來不及，立刻降落，先躲躲雨；順便吃點東西，休息休息。

雨很快就停了，小番鴨伏在一排剪得很整齊的樹籬下，打量周遭，前方是一個淺水池塘，有一片水泥平台，一群細竹竿插在水泥地上，細竹竿頭頂著一團白絨絨的東西，好像一朵一朵的大團棉花雲。

小番鴨剛探出頭，棉花團裡「降下」一條細竹竿，上面「昇出」「雲梯」！啊！好奇怪的東西，棉花團變成會動的鳥了，原來那竹竿是瘦長的腳，棉花團是身體，剛才下雨時，牠們把頭連著脖子縮在翅膀下，蜷起一隻腳在休息呢！腳很長，膝蓋上包著兩塊紅色的「護膝」，腳丫子上穿著紅鞋，雪白的羽毛裡，藏了一些深粉紅色的羽毛，尖尖向下彎的嘴塗得紅紅的，小番鴨仔細看著牠們，覺得牠們真漂亮，像仙鳥似的優美。

小番鴨走出來，踏進淺水池塘，嘩啦一響，把仙鳥們嚇了一跳。

「是誰？」一隻仙鳥把頭低下來看小番鴨。

「你好，我是小番鴨，妳好，妳們好！」

小番鴨很有禮貌地向仙鳥們點點頭，說：

「妳們真漂亮哪！妳們是誰呢？」

「喔！我們！」另一隻仙鳥走了兩步，優雅地把頭轉過來又轉過去，說：

「我們是紅鶴、紅鶴。」

「真美，妳們是別的地方來的吧？我以前沒看過像妳們這麼美的鳥。」

小番鴨涉過池塘，搖搖擺擺地上了水泥平台。真不是滋味，要跟紅鶴說話，得挺起胸脯，再拉長脖子，翹高嘴巴，但是，那還是不夠，紅鶴實在是太高太高了，她們又不肯常常把頭低下來，原先低下頭的那隻紅鶴，一面抬起頭，一面嘀咕：「挺直，挺直，不可以彎腰駝背。」

這時天空中突然傳來一陣音樂聲，紅鶴們各個都凝神睇聽，小番鴨驚奇地睜圓了眼睛，他也聽到了，音樂聲後接著柔和的說話聲：

「各位遊客，大家好，這裡是青青野生動物園廣播台，本園最美麗的紅鶴舞蹈團將在上午十一時開始表演，地點在紅鶴園表演台，這些紅鶴來自南美洲的智利……」

紅鶴群起了一陣騷動。

「快快，把隊伍排好。」

「等一下，我要先去尿尿，我會緊張。」

「不要推嘛！這次換我排前面了！」

「第三排集合，第三排集合！」

不到三分鐘，紅鶴群又安靜了，她們排好隊伍，靜靜地等候表演的音樂，小番鴨不知道她們忙甚麼，也在裡頭鑽進鑽出，還好紅鶴們都很秀氣，沒有誰踩到他。

「妳們從很遠的地方來？」趁著靜候的當兒，小番鴨用嘴敲敲一隻紅鶴的腳，問她。

「是。」紅鶴瞅了他一眼，很簡短地回答。

「那裡好不好？有沒有像我這樣的番鴨？」小番鴨又問。

「……我不知道。」紅鶴楞了一下，冷冷地回答。

「什麼不知道，我們的故鄉，那會不知道？當然好，當然好，我們的故鄉，當然好！」另一隻紅鶴扭過頭來，輕聲地，急促地表示。

「噢……妳們喜歡這裡嗎？如果這裡不是妳們的故鄉，妳們會想離開這裡，回到故鄉去嗎？」

小番鴨越問越大聲，又有另一隻紅鶴扭過頭來，低下脖子，把嘴附在小番鴨耳邊，說：

「我們喜歡這裡，我們等會兒就要表演了，你安靜些吧！坐到一邊去，別再嘎嘎叫了，醜小子，好好地看我們表演，仔細地聽聽掌聲吧！」

小番鴨被搶白了一番，閉上扁嘴，搖著屁股到池塘裡「冷靜」一下。

這時他才發現，矮樹籬外面雜沓沓的許多腳步聲，他搖到樹籬下，看到形形色色的腳，匆匆跑過去，有男人、女人，老太太，小娃娃，都要到表演台去佔個好位置，看紅鶴表演呢！

音樂聲悠悠揚起，紅鶴們一隻接著一隻消失了，小番鴨覺得好奇怪，趕緊跑到最後一隻的身後，原來有一道缺口，連接一條之字形的彎曲小路，一直通向舞台。

小番鴨到了出口處，瞧見舞台對面半圓形的階梯上，坐了一大群人，他停下來。

舞台是圓形的，中間有兩個半圓形水池相對，兩水池間鋪著水泥板，水淺淺地流通兩個水池。

紅鶴出場了，沿著水池邊緣，向右繞著走，走到觀眾面前全體停住，面向觀眾微微一鞠躬，再向左轉，沿著另一個水池，繞到水池後面，有時分成兩邊，有時左右轉動，有時拍拍翅膀，隨著音樂舞動，觀眾都看呆了，小番鴨卻看得喜孜孜的，腳底板發癢，當紅鶴分兩隊從水池中間走過時，他忍不住跟在後面搖擺。

「嘻嘻，嘻嘻！」觀眾席傳來笑聲。

紅鶴們向前走，猛然向後一扭，最後面那隻差點踩在小番鴨身上，嚇得小番鴨屁股一扭，差點跌一跤，他也趕緊向後轉，「帶頭走」，但是紅鶴又轉過去了，小番鴨不知道，還一直走，猛一扭頭發現隊伍不見了，他又趕緊轉身跟上去——啊！小觀眾笑得捧著肚子，大觀眾也都抿著嘴在笑。

一隻紅鶴搖著頭，低聲嘆氣說：

「真是糟糕，我們的表演被醜小子搞砸了，一點氣氛都沒有！」

紅鶴們都氣咻咻地瞪著小番鴨，一時忘了接下去該怎麼表演，楞在舞台上。

小番鴨傻呼呼地跳進水池，頭一栽，屁股一蹺，咕咚一聲，全身都潛入水中，從另一個地方冒出來，一連做了五次潛水動作，把大小觀眾逗得拼命鼓掌，小番鴨也得意不已。

他忽然想到一個把戲，走到觀眾席前，表演摔了一跤的動作。第一個摔跤，觀眾以為是不小心的，都哈哈大笑，可是看到小番鴨走三步摔一跤，再走三步又摔一跤，連著摔了十次，他們知道那是小番鴨的特技表演了，都瘋狂地鼓起掌來，還有觀眾吹口哨呢！

音樂近尾聲，紅鶴群失常地退場，小番鴨樂得暈淘淘的，跟著回到休息所。

「太棒了！這樣美妙的掌聲，怪不得妳們要在這兒表演，不願回故鄉去……」他笑嘻嘻地說著，忽然覺得不對勁，怎麼紅鶴們都一副「潑婦」的模樣瞪著他呢？

「醜鴨！笨蛋！多作怪！」

「討厭的傢伙！你神經有問題！」

「害我出醜，我要踩死你！」

紅鶴們交相指責，罵得小番鴨搗著頭，渾身不住發抖，那麼多紅腳掌，那麼多大翅膀，那麼多尖刀似的嘴，每個都只踩他一下，拍他一掌，啄他一口，就會叫他粉身碎骨的呀！

呱呱呱地罵了一陣，紅鶴們靜了，她們要準備第二場的表演。

小番鴨躲在休息場，再也不敢「拋頭露面」，心酸地流著眼淚。

當他正想悄悄飛走時，一隻紅鶴慌慌張張地衝進休息場尋找小番鴨，原來當她們表演到一半時，觀眾中間開始有人鼓掌叫「小鴨！小鴨！小鴨！」

「不不，我會害妳們鬧笑話的……」小番鴨搖了搖頭。

「剛才罵你的事，請你別介意，你表演，我們承認了，觀眾喜歡你，你快出場吧！」

在紅鶴的勸慰下，小番鴨又出場了，再一次的精彩表演，引得歡聲雷動，他還特別加演了「翻筋斗」的特技節目哩！

「留在這裡吧！永遠留在這裡，跟我們一起表演。」

紅鶴們開過會，一致決定讓小番鴨成為「紅鶴舞蹈團」的正式團員。

想了想，望望天空，小番鴨搖搖頭婉拒了。

為什麼？

小番鴨說，他要去「尋找」。

找什麼呢？他也不知道，但是找到了時，他就會知道的，他要找的，不是表演和掌聲。

帶著紅鶴們的祝福，小番鴨依依不捨地告別紅鶴和表演場，展翅飛向青空，繼續「尋找」。

「再見！我會想念妳們的！」

小番鴨呱呱的叫聲從空中傳來，在紅鶴們昂首注目下，身子愈遠愈小，終於消失了。

（一九八三年一月・時報周刊）

36

魚的四隻腳

在一個小池塘裡，住著四個好朋友，一條大嘴魚，兩條大尾巴魚，還有一隻大頭尖尾的小蝌蚪。

有一天，小蝌蚪變成小青蛙了，好奇妙呀！他用四隻腳划水，用力一跳，跳到池塘外面去了。

大嘴魚和大尾巴魚在池塘裡等了好久，也不見小青蛙回來。

大嘴魚說：「池塘外面不知道是什麼樣子？」

大尾巴魚說：「一定很好玩，我們也出去看看吧。」

大嘴魚說：「對，我看小蝌蚪就是那麼用力一跳，就長出了四隻腳，我比他還會跳呢。」

大嘴魚在池塘中，吞了一大口水，用力一拍尾巴，「拍拉」一聲，他跳上岸去了，摔在軟軟的草地上。

兩條大尾巴魚也趕緊拍拍尾巴，「拍拉」「拍拉」地都跳了出去。

在草地上的小蝴蝶、小白兔和小鳥都圍過來看熱鬧，「一、二、三」「一、二、三」他們拍手數數兒，看三條魚「撲拉」「撲拉」地翻著身子向前跳。

可是真糟糕，他們扁扁的身子跳了又跳，還是長不出四隻腳來，草地上只有一點點露水，不一會兒，他們的身子乾乾的，覺得很難受，好像快喘不過氣來了。

「救命呀，好渴呀！」大嘴魚的嘴巴一開一合地吐著泡沫，大尾巴魚覺得尾巴重得再也抬不起來了。

蝴蝶飛過來，小鳥飛過來，小兔子跳過來，三條魚很害怕，一直叫著：「救命，救命，不要吃我。」

蝴蝶說：「你們又不會產花汁，我們才不吃你們呢。」

小鳥說：「你們又不是軟軟的小蟲子，我們才不吃你們呢。」

小兔子也說：「你們又不是胡蘿蔔，我們才不愛吃呢。」

但是三條魚快渴死了，大家不知道怎麼辦才好。

忽然下了一場雨，蝴蝶、小鳥和小兔子都怕被雨水打濕了身子，趕快躲起來，只有三條魚高興得大叫：「得救了，得救了！」

啊，可別高興得太早，雨一會兒就停了，太陽露出臉來，把熱熱的陽光又晒在三條魚身上，蝴蝶、小鳥和小兔子跑出來，幫著想主意。

「很簡單，我想到好辦法了。」聰明的小鳥說：「從那裡來，回那裡去。」

大嘴魚說：「從池塘來，可是我們沒有力氣跳了，我們渴了，水，水！」

小兔子抱不動三條魚，小鳥載不動三條魚，一隻美麗的蝴蝶看到樹洞積滿了雨水，他們合力把三條魚推進樹洞裡。

三條魚喝飽了水，力氣又回復了，蝴蝶、小鳥和小兔子小心地陪著他們，引導他們跳回池塘的方向。

「一、二、三」「一、二、三」三條魚「撲拉」「撲拉」地用力跳，終於跳回池塘了。

「蝌蚪會變青蛙，魚永遠不會長出四隻腳。不過我們得到一些朋友——有兩隻腳的、有四隻腳的、也有六隻腳的，本來就各不相同的，我們還是在水裡最快樂啦。」

三條魚很滿足地住在池塘裡，再也不亂跳了。

（一九八四年六月・台灣新生報）

37

迷路的媽媽

火車站的候車室裡鬧哄哄的，貓媽媽一手拉著大貓，一手提著行李，背上背著二貓，走進候車室，好不容易看到一個稍大一點的空位，趕緊坐下去，鬆了一口氣。

「大貓呀，坐好，別亂跑，我們還要等三十分鐘，才能到月台上去等我們要坐的車。」貓媽媽解下背巾，把二貓抱到膝上來。

大貓規規矩矩地坐了三十秒鐘，屁股就尖起來了，他搖擺著身子，伸長脖子，東張西望。

隆——有一列火車開進來了！

「便當——便當——」月台那邊好熱鬧喲！

大貓覺得呆呆地坐在那兒真是難受，他轉身跪坐在椅子上，貓媽媽立刻抓著他，要他坐下來，他想到剪票口那兒去看羊伯伯剪票，媽媽也不准他去。

真無聊！媽媽只顧著拍二貓，從行李袋裡抽出奶瓶來，餵二貓喝奶。

大貓站起來——媽媽沒看他。大貓向前走了兩步——媽媽也沒抬頭看他。

大貓雙手抱著頭蹲下來——喔喔，媽媽還是沒看他一眼。

好啦！一眨眼，大貓已經跑到剪票口的柵欄那兒，看羊伯伯「卡擦！」「卡擦！」地剪票了。剪完了一長排的票，羊伯伯關起柵欄門，月台上站滿了旅客，形形色色的旅客，叫大貓看得眼花撩亂。

他從柵欄縫鑽過去，又鑽過來，在柵欄那兒表演特技，回頭看看媽媽坐的位置，呵呵，媽媽不住地向他招手呢！他也向媽媽揮揮手，轉過身去，繼續玩自已的。

空中傳來雲雀小姐的聲音：「各位旅客，往小平原的火車快進站了，請大家不要靠近月台邊，以免發生危險。」

轟隆！轟隆！火車嗚嗚的衝進站，慢慢的停下來，大貓看得高興極了，有的旅客下車，有的旅客上車，有的叫喚，有的奔跑，好好玩哪！嘿嘿，叫媽媽也看一看，好好玩哪！

一回頭，剛叫了一聲：「媽——」呆住了！

「媽？」剛才坐著媽媽的位置，空了！大貓揉了揉眼睛，用力眨了好幾下——空了！媽媽、二貓、行李，都不見了！

大貓睜大了眼睛，把候車室整個瀏覽了一遍，都沒看見媽媽。

這個森林火車站大得很，大貓慌慌張張地跑到媽媽剛才坐的長椅空位，向右一看，啊！有另一間候車室，他跑過去看了看，那邊還有另一間很多人在排著隊的，他一個一個，一列一列的找過去——沒有！沒有！媽媽那裡去了？

這時，大貓發現穿著畢挺制服的熊警察，就在候車室外面站著，他很快地跑過去。

「警察伯伯，您有沒有看見我的媽媽？」聲音有點發抖。

「哦？媽媽怎麼啦？不見了嗎？」

大貓指著候車室裡面，說：「剛才還坐在那裡，抱著妹妹，又提著行李，一下子就不見了，她可能迷路了。」

熊警察微笑著說：「好，沒關係，告訴我你的名字，我請雲雀小姐廣播，讓媽媽知道你在這裡，她就會來找你了。」

正說著，貓媽媽背著二貓出現了，在候車室那邊的一道牆旁，高舉著手，叫喚著：「大貓！大貓！」

「啊！媽媽在那裡！警察伯伯，媽媽在那裡！」大貓呼叫了一聲，趕緊衝向媽媽，緊緊摟住媽媽。

「媽，您看您，都亂跑，迷路了怎麼辦？外婆會生氣的喲！」大貓這時才忍不住哭了起來，他實在嚇壞了。

媽媽倒一點也不怕迷路似的，很鎮定地向警察伯伯鞠個躬，揮揮手，然後微笑著說：「好吧！快剪票了，我們可以去排隊了。」

（一九八四年八月・自由日報）

38

金魚飛天

大金魚住在池塘裡，池塘不大，水很清淨，浮著幾片翠綠的圓葉，開了幾朵嬌美的睡蓮。大金魚一身金紅的亮片，擺動薄紗般的長裙尾巴，游過來，游過去，覺得很滿意。

直到有一天……

池塘上飛來一隻蝴蝶，搧動美麗的大翅膀，停在一朵睡蓮上面。牠照著水面，看自己的影子，發現了大金魚，忍不住讚嘆了一聲：「啊！好漂亮的大金魚啊！」

大金魚開心極了，牠們就這樣成了好朋友——一個在水裡，一個在空中。

大金魚游來游去，小蝴蝶就追來追去；小蝴蝶飛來飛去，大金魚也追來追去。碰！哎呀，不妙，大金魚碰到池塘邊緣了，撞得頭昏眼花。

池塘太小，池塘太小了。大金魚忍不住這樣想。

小蝴蝶不只會飛上飛下，飛東飛西，還會飛到大金魚看不到的地方去。他告訴大金魚許多天空中的事，大金魚羨慕得很，漸漸的，大金魚不快樂了。

「如果我不能飛天，這一輩子都白活了，沒什麼意思呀！」大金魚懨懨地嘆著氣，小蝴蝶也覺得難過。

小蝴蝶四處打聽可讓大金魚飛天的辦法，得到一個「祕方」，很高興地飛回來，告訴大金魚：「好極了，你有機會飛天了，快把我的翅膀吃掉吧！」

「什麼？」大金魚嚇了一跳：「吃掉你的翅膀，我就能飛天嗎？不，我不能吃你的翅膀。」

小蝴蝶很熱心地說：「你要飛天，就得吃我的翅膀。我飛得很夠了，你從來沒飛過，我的翅膀給你，你能得到快樂，這很值得呀！」

大金魚搖了搖頭，躲到蓮葉下哭得很傷心，哭得累極了，昏沉沉地睡著了。

忽然，他聽到小蝴蝶高聲喊著：「救命啊！救命啊！」

他驚醒過來，匆匆浮上水面觀察。啊！原來，小蝴蝶一個不留神，撞上池塘旁邊一棵大樹上的蜘蛛網，被黏住了，動彈不得，面目猙獰的大蜘蛛正得意地狂笑呢！

「小蝴蝶危險！」大金魚不顧一切向前游，他拍著胸鰭、腹鰭，擺動大尾巴，快速地向上衝。

「潑剌！」一聲，他衝出了水面，飛到天空中去了。

「快快快！」他用力拍著鰭，向蜘蛛撞過去，蜘蛛沒料到大金魚會忽然飛過來，嚇呆了。

就在那一瞬間，大金魚撞破了蛛蛛網，小蝴蝶趕緊揮動翅膀逃命。

「哎喲！」大金魚摔了一跤，跌在地上。幸好地面有一層綠綠的草，他反彈起來，扭著大尾巴，一扭一跳地跳回池塘裡去。

「謝謝你救了我，大金魚。請你吃掉我的翅膀，飛天去吧！我願意這樣報答你呀！」小蝴蝶很誠懇地說。

大金魚卻說：「說什麼報答不報答的，我們是好朋友啊！你留著你的翅膀吧。告訴你，我已經飛天過了，這樣就夠了。我覺得還是留在這滿滿是水的池塘裡舒服呀！」

（一九八七年八月．兒童的雜誌）

39

蘭和蛇木板

一截枯枝般的蘭莖，被兩支小小的鋁針釘在一塊蛇木板上。一撮水草，像棉被似地圍護著她。

日出、日落，苦苦掙扎的，不知過了多少日子，蘭，透出了生機。

她生出了根，急急地伸向蛇木板，趴在蛇木板上，越伸越長，越生越多，像張開了臂膀，緊緊地擁抱住蛇木板不放。

她也長出了葉芽，滋生了翠綠的新莖，從莖上抽出青綠的新枝嫩葉。她，完完全全地變了。

在一個星沉日出的美好清晨，蘭，開出了有生以來的第一朵花兒。真是大喜事啊！蘭開心得不得了，白色的花瓣上，還灑了一些粉紅的斑點，微微翹起的蘭唇，像個可愛的小姑娘在唱小曲。

第二天清晨，她又開了一朵，跟第一朵一樣的漂亮。於是她高高興興地開了一朵，又一朵，一朵接一朵，在一長條的花莖上開了十幾朵花兒，微風拂過，好像十多隻蝴蝶在那兒展翅，互相推擠著呢！

忽然，一朵花兒被擠得掉出來了！

「啊！我的花兒！」蘭驚叫了一聲。但是，更叫蘭驚奇的事發生了，她的「花兒」拍拍翅膀，在空中轉了一個漂亮的圈，回過頭來，哈哈一笑，說：

「我不是妳的花兒，我是蝴蝶哪！」

蘭睜大眼睛，打量那翩翩上下飛舞的蝴蝶，跟她的花兒實在太像了，怪不得她認錯了。

「妳真是太漂亮了！」蘭欣賞著蝴蝶的舞姿，忍不住讚嘆了一聲。

「妳才真是漂亮哩！可惜的是……」蝴蝶吞吞吐吐地，蘭忍不住追問：「可惜什麼？快告訴我。」

蝴蝶繞著蘭打轉了一圈，說：「妳開的花那麼美，為什麼住在這塊又黑又醜的板子上呢？多不相配呀！」

蘭低頭一看，又黑、又醜的、扁扁的蛇木板！怎麼一直沒有注意過，她擁抱著的是那麼醜陋的東西呢？

蝴蝶飛走了。望著她輕盈飄逸的背影，蘭卻再也開心不起來了。

她悶悶地想著「美麗」和「醜陋」的問題，越想越難過，好像心裡打了一個死結，越拉越緊，緊得她喘不過氣來。

「如果離開這個醜八怪，說不定我也能像蝴蝶一樣，逍遙自在，愛到那兒就到那兒，多好哇！」

打定了主意，蘭開始她的計劃。她鬆開手臂，不再緊緊抱著蛇木板。有些根已經深入蛇木縫裡，融為一體了，但是她把心一橫，竟自切斷了那樣重要的命脈。

漸漸的，她覺得束縛越來越少，她越來越輕鬆了。

可是，一種茫茫然，失神的感覺也漸漸包圍著她，使她常常頭暈目眩，容光不再煥發，顯得無精打采。

「是過渡現象吧！等我完全脫離蛇木板，就能適應沒有它的新生活了！」她固執地想著。

直到有一天，一樣是星沉日出的美好清晨，而她，卻是永遠昏睡，什麼都不必再想了。

（一九八七年八月．新生兒童週刊）

40 阿黃和大白

院子裡，一隻大白鵝神氣地挺著胸膛，伸長脖子，一搖一擺地踱著步子。芳芳和元元坐在小板凳上，看了好半天了，還是捨不得眨一下眼睛。那是外婆從鄉下帶來的。

「大白長大了，真是漂亮啊！我記得他小時候有點像醜小鴨呢！現在像天使一樣可愛。」芳芳讚嘆著。

「我真希望他永遠留在這裡，跟我們住在一起。」元元忍不住伸出手去，摸一下大白鵝的背，哇，羽毛摸起來的感覺真舒服哇！

「上一次」摸他的時候，他還只是毛茸茸的呢！

「不知道媽媽有沒有向外婆說清楚，不是只想叫大白來玩一下就回去……」芳芳喃喃地念著。

外婆從屋子裡出來，說：

「芳芳，元元，大白就留在這裡，你們可要好好地照顧他喔！」

「真的？哇！太好了，太好了！」元元跳了起來，抱住大白鵝的脖子，芳芳也開心地摟住大白鵝的身子。

大白嚇了一跳，但是很快就平靜下來，他認得芳芳，曾經鋪一個奇妙的小床給他睡，元元，曾經讓他睡在枕頭旁，所以他放心地把自己的長臉長嘴貼著元元的頰，好像在說甚麼悄悄話呢！

趴在小木屋前的阿黃，懶洋洋地瞅著大白。

本來芳芳和元元都是「最」喜歡他的，每天一早到院子來一定叫：「阿黃，來，跑三圈！」要不然就是：「阿黃，走，買豆漿！」

而大白來的這半天，他們兩個竟忘了他的存在了。

「唔，哼！全身白溜溜的，一定是馬屁精，哼！」阿黃覺得全身都有酸酸的感覺。

爸爸把一個舊的塑膠小游泳池放在院子裡，放了八分滿的水。大白愛極了小水池，他一覺得身上有一點點髒，就趕快跳進水裡去，游泳兼洗澡，洗得乾乾淨淨，他最愛唱：「啦啦啦──我是漂亮的大帥鵝─啦啦啦──快來聽我唱洗澡歌──」

阿黃趁著芳芳和元元在屋子裡睡午覺，走到水池邊，問大白：「喂，大白臉，你以為你唱得好聽嗎？噁心透頂！」

大白的喉嚨好像被捏住了，聲音不敢衝出來。

「你除了洗澡、吃飯，還會甚麼名堂？你漂亮？汪汪，大笨鵝，呆頭鵝！」

阿黃露出了白森森的尖牙齒，兇巴巴地朝大白咧嘴，嚇得大白一動也不敢動。

「告訴你，呆頭鵝，這裡是我的家，我會跑，會跳，會吼叫，會看守蘭花棚，你一點用處也沒有，只會愛漂亮、拍馬屁，你小心點，我還會咔一聲，咬斷你的笨脖子，聽清楚了嗎？還不快叫一聲阿黃大王？」

「阿，阿，阿……」大白「阿」了半天，把阿黃惹火了。他瞪大眼睛，垂下尾巴，大白急得連脖子都發抖了，說：「阿煩——大完，完，完……」

「汪汪汪，叫王，不是完！」阿黃說：「在這裡，只有我最重要，芳芳和元元最喜歡我了，知道嗎？」

「知…知道！」大白拼命地點頭。

「我最討厭整天弄得乾乾淨淨的，裝得斯斯文文的，沒事晃來晃去的，知道嗎？」

「知，知，道……」

阿黃有一點滿意了，他又說：「現在，大王我要打滾了，你讓開些！」

阿黃在泥沙地上打滾，把泥沙都翻飛起來了，他越翻越起勁，弄得一身都是沙和泥。

他得意地唔汪唔汪叫，把芳芳引出來了，一看阿黃故意打滾，芳芳氣得破口大罵：

「唉呀！髒阿黃，臭阿黃，討厭！又要我花幾個小時替你洗澡，真是的！」

阿黃真不相信自己的耳朵，芳芳居然罵他？

斜眼一看，好哇！呆頭鵝掩著嘴在偷偷地笑呢！阿黃很不服氣，衝著大白汪汪地吼了幾聲。

芳芳又說了：「瘋阿黃，叫甚麼叫，人家大白又漂亮又愛乾淨，你好好學啊！人家還會自己洗澡，不像你喲，自己不會洗澡，又不曉得保持乾淨，弄得像野狗似的，討厭！」

阿黃簡直要停止呼吸了，大白有芳芳當靠山，這會兒膽大包天，仰著脖子，嘎嘎地羞阿黃說：「髒阿煩，瘋阿煩，嘎嘎嘎，阿煩是骯髒狗，阿煩是野狗！」

阿黃氣得連鼻頭都要變黃了，他繞著小水池追大白，大白躲得快，游過來，游過去，阿黃繞了好幾圈，根本碰不到大白，他氣瘋了，乾脆衝進池子裡去——

嘩啦！嘩啦！水花四濺，大白拍著翅膀又划又飛的，立刻奔上岸來，躲在芳芳身後。

「阿黃，你要死了！你這是幹甚麼？」芳芳愣了一秒鐘，馬上清醒過來，大吼大叫。

元元在屋子裡，只看見阿黃跳進水池戲弄大白，把大白嚇得四處奔跑，他抓住了球棒衝出來，氣急敗壞地朝阿黃的屁股猛揮了一記全壘打——

「ㄍㄞ——」阿黃的心爆炸了，他夾著尾巴，「汪，痛，汪，痛，痛死了！」飛快地跑了，躍過圍牆，像個被打出去的球。

「阿黃，回來！」芳芳追到圍牆邊。

「阿黃回來！」元元丟下球棒，也大聲叫喚。但是阿黃沒聽見，他像一陣風，消失了。

天黑了，阿黃走來走去，沒別的地方好走，還是回來了，但是他在牆外猶疑著，不知道要不要進去——想起來還是挺傷心的。

他趴在牆腳，肚子咕嚕咕嚕叫，連晚飯都沒吃呢！不過，為了吃飯才回來的嗎？

「我才不會那麼沒志氣！」

阿黃忍耐著，就在牆腳下睡著了。

半夜裡，一陣細碎的腳步聲，把阿黃驚醒了，他調整眼睛的瞳孔，注視著黑暗中翻牆進去的人影。他屏著氣息，靜靜地候著，不多久，人影出來了，翻上牆，提了甚麼東西放在圍牆上，跳下牆，正伸手要拿東西時，阿黃像箭一般衝過去，「汪！汪！汪！」人影顧不得牆上的東西，一溜煙地跑了。

爸爸和媽媽聽見阿黃的叫聲，起來查看，芳芳和元元也跑到院子來，他們發現阿黃嚇跑了偷蘭花的賊。

「哇！好阿黃！」不管阿黃身上有多髒，芳芳摟著他，元元撫著他，還直說：「疼不疼？疼不疼？球棒該死！」

媽媽趕緊開了一罐最好吃的牛肉罐頭給阿黃填肚子，阿黃覺得這一頓「遲來的晚餐」真是可口極了。

「阿阿煩大完，你真是了不起呀！」連大白也畢恭畢敬地來請安了。

阿黃在院子裡，走來走去地四處查看，他得意地向大白說：「告訴你，勇敢比漂亮重要多了！」

「是啊！是啊！我知道了！」

天亮了，芳芳和元元像往日一樣的，開了房門就大叫：「阿黃，阿黃！」元元更特別帶了一根肉骨頭來犒賞阿黃，阿黃覺得受用極了。

「對不起，阿黃，以後我絕不會再打你的。」元元撫著阿黃的背，阿黃趁機靠了過去，把身體貼著元元的腿撒嬌一下。

大白瞇起了眼睛，因為他看到阿黃，實在，實在，太髒了。

「哼，你乾淨，你漂亮，有甚麼用？昨晚要不是我趕回來，小偷會連你都抱走，我髒，汪汪汪，我勇敢哪！」阿黃尾巴翹得高高的，親熱地舔著元元的手，神氣地搖著尾巴。

「啊喲！阿黃，夠髒了！你是不是到垃圾堆去打滾過啦？弟弟，等一下把沐浴精拿來，我們幫阿黃洗澡吧！」芳芳掩著臉，免得阿黃甩尾巴的飛沙噴進眼睛裡。

「ㄍㄚㄍㄚㄍㄚ，勇敢也是得乾淨哪！」大白在一旁，欣賞著「阿黃出浴」，一面唱歌給阿黃助興呢！

興奮的日子過了幾天，也漸漸平靜了，一個夜色朦朧的晚上，阿黃正瞇著眼休息的時候，「噗！」一聲，一塊香味濃厚的肉片掉在他的鼻子前方。

「唔，好特別的香味，一定是元元給我的宵夜，唔，香得忍不住了，口水要流出來了，噢，先吃了再說吧！」

阿黃一口、兩口、三口就把那塊肉吞進肚子裡去，不一會兒，他就覺得，好睏，好睏哪！忽然甚麼也不知道，迷迷糊糊地就睡著了。

一顆小石子丟在阿黃鼻頭前面，阿黃沒有感覺，再一顆——打在他身上，唔，他照樣一動也不動，哈，這下可好了，牆外那給他「宵夜」的人悄悄地翻牆進來了，他躡手躡腳的，走向蘭花棚，用小手電筒照射著，在花房裡摸索。

大白聽見奇怪的聲音，早就提高脖子在張望，他想，阿黃又有表現的機會了。

不久，小偷抱著東西走出花房了，放在地上，又進去了。大白很緊張，不明白為什麼阿黃還不發動攻擊。

大白悄悄地走到阿黃的小屋子，踢到甚麼東西差點摔跤，原來是阿黃的身體。

「阿煩，阿煩，大完，有，有壞人哪！」他壓低聲音，暗中推了推阿黃，「啊，慘了！阿黃怎麼一點反應都沒有？」

「阿，阿煩快醒來！大完，壞人快走到門邊了，大完，快，快，來不及了，他要開門出去了！」大白眼看著小偷走到門邊，正準備開門，他急得不顧一切，展開翅膀——

「ㄍㄚ——」大吼一聲，驚天動地，小偷一回頭，只見黑暗中，一團白色的大影子飛撲過來，不知道是甚麼怪物，好像一大群，有的咬他，有的戳他，有的抓他，有的拍他，他嚇得抱著頭亂跑，「撲通！」一聲，跌進大白的水池裡了，大叫著：「救命——救命啊——」

屋內的大燈亮了，屋子裡的人提著棍子跑出來，鄰居聽到怪聲，也紛紛開門出來看，大夥兒一下子就抓到了偷花賊，還有人打電話報警，警察很快地就來處理了。

消息傳得很快，天剛亮，就圍了好多人，大家議論紛紛，採訪的記者也來了，卡喳卡喳地給大白照相。

阿黃睡了三天三夜，終於有了動靜，他覺得睡得好累好累，就打了一個長長的呵欠，啊——唔——

「阿煩，阿阿煩，大完！謝謝老天，你終於睡夠了！你沒事吧？我真是擔心哪！」大白用長嘴推著阿黃的身體，又用翅膀給阿黃搧涼。

阿黃明白了整個故事後，很慚愧、很難過地垂下了頭，閉起眼睛，巴不得地上出現一個大洞，讓他鑽進去躲起來。

「阿，阿煩大完，你別這樣想，我看見壞人，我怕死了，可是沒辦法，你不動，我只好閉著眼睛衝上去，現在想起來還會發抖呢！」

阿黃拍拍自己的頭，說：「大白，謝謝你，你又漂亮又勇敢，你還救了我的命，要不是你抓住小偷了，說不定小偷還把我也順便偷了，賣給香肉店呢！太可怕了！」

「誰敢？誰敢？誰敢傷害你，我會戳死他的！」

芳芳和元元帶著一群小朋友過來，他們嘻嘻哈哈地呼叫著：「大英雄！大英雄！」

阿黃難為情地蒙著眼，覺得太丟臉了。他心酸地說：「大白，你過去吧！你才是英⋯⋯雄⋯⋯」

可是元元一把衝過來，抱起阿黃，芳芳也抱起大白，告訴小朋友整個的故事，還特別強調，阿黃非常英勇，他是最厲害的守衛。大白呢？是他的特級助手。

幾十隻小手拍拍地直鼓掌，小朋友們把阿黃和大白團團圍在中間，人家都爭著摸一摸兩個大英雄呢！

阿黃覺得，這些小手都好溫暖啊！他知道，他再也不會跟大白吵架了。

如果你看見阿黃和大白相背著，各走各的——
放心，他們沒有吵架，只是分頭巡邏去了。

（一九九〇年三月・兒童日報）

41 星光閃閃

趁著一連三天假期，猴爸和猴媽準備帶吉吉、仙仙一起去心心湖旅行。

「記得喲！玩具已經太多了，在路上可別亂吵著要買玩具呀！」猴媽再三叮嚀吉吉，尤其提醒他別慫恿妹妹吵鬧。

假日的清晨，他們起了個大早，開著小金龜車出發了。

心心湖在叢山峻嶺間，一層一層的山，圍繞著兩顆心似的湖，山光水色，美不勝收

一條連續的S形小路，在通往心心湖的山腰間彎來繞去，大斜坡、急轉彎——猴爸說：「『山窮水盡疑無路，柳暗花明又一村』，真是過癮！」

接近心心湖的路上，有一道關卡，路中間蓋了一間小房屋，花豹先生坐在那兒，收「過路費」。

猴爸停了車，付給花豹先生二十貝貝，買了兩張全

票、兩張半票、一張汽車票。正要發動車子，突然窗口探進來一個狐狸頭，要求搭便車。

猴媽愣了愣，狐狸小姐露出一臉焦急說；「剛才公雞先生很好心的要讓我搭便車，可惜母雞太太和一群小雞已經把車子擠得滿滿的，你們車上……」

猴媽和仙仙坐在後座，很明顯地有一個空位。

猴爸說：「啊，好吧！請上車吧！」

狐小姐連聲道謝，一頭鑽進車裡，露出勝利的笑容。她一上車就說個不停，稱讚猴爸好心哪，猴媽親切啦，小朋友可愛呀，猴媽覺得狐小姐的嘴巴真像塗了蜂蜜——好甜哪！她聽得忍不住「心花怒放」啦！

「前面就是我家了，請停車，謝謝。進來坐一坐吧，喝杯茶！」

按照狐小姐的指示，猴爸在一個停車場停下車子，下車一看，原來是一家特產店。猴媽照例交代吉吉：「所有玩具，只許看，不許買。」

狐小姐拉著猴媽進去，不由分說，抓了狐皮大衣、帽子，就替猴媽打扮起來，猴爸和吉吉、仙仙也都被裝扮得狐里狐氣。

「好帥，好美，真是才子佳人，這是我們狐族的結婚禮服哪！兩位小朋友就是金童玉女了，嘻嘻嘻！」

喀嗒喀嗒！拍了好幾張照片，猴媽被狐小姐誇得樂陶陶的，說真的，這還是她第一次聽到人家說她「美」呢！狐小姐真有眼光啊！

店裡又出來一個高頭大馬的狐大姐，化妝得像狐狸精。她拿出她們賣的茶葉，泡了一壺茶。茶香中，狐大姐先說了一段感謝的話，然後說，要特別以優待價賣給猴爸一罐茶葉！

猴爸趕快推說，家裡還有很多，改天才買。

狐大姐眼珠一轉，拉著猴媽到另一個櫃檯，請猴媽看珠寶。從沒買過、戴過珠寶的猴媽，看得眼睛都花了。

「哇！好漂亮的寶石！」猴媽讚嘆著。

狐大姐拿出項練、戒指、耳環、手環，幫猴媽配戴起來。

在鏡子裡，「珠光寶氣」的氣氛，使猴媽看起來跟平常似乎大不相同了，猴媽開始覺得：以前「從不戴首飾」……真是傻極了！

「你看看，這麼有氣質，這麼高貴，不配戴著真是太辜負你的美貌了！」狐大姐不住地誇讚，又說要特別提供最低的折扣。

「好不好？」她問猴爸。

「你那麼喜歡嗎？你平常不是都不戴這些東西嗎？」猴爸暗示她。

「還說呢！你從來就沒想過買珠寶送給我，把我弄得像黃臉婆——這是難得的機會，買了！」算算荷包裡的貝貝，恰恰好夠買下來。

珠光寶氣的猴媽，呼喚在店前戴狐帽追逐的吉吉和仙仙上車，離開了坑坑村，直抵心心湖。湖畔有許多遊客，還有不少紀念品的攤販，猴媽看見羊大嬸的攤子上，擺著跟她剛買的一樣的珠寶。她收拾好自己的珠寶，然後假裝瀏覽紀念品，問問珠寶的價錢。

「這個？四十貝貝。」和氣的羊大嬸說：「一樣的東西，要是在半路的特產行裡，大概不只八十貝貝喔！」

「什麼？四十？八十？」猴媽的心差點跳出來，她可是花了兩百貝貝哩！

「怎麼差那麼多？」

羊大嬸解釋著：「因為商店要付房租、水電費，還要花錢請店員顧店——噢，對了！如果你們自已開車來，說不定路上就會有小姐搭便車，說沒車可回家，其實那都是特產行雇用的店員哪！現在交通發達，班車十分鐘就有一班，哪裡會搭不上車呢？」

猴媽聽了，眼睛都直了，猴爸趕緊拉著她離開。

下碼頭有乘船處，可以乘遊艇遊心心湖，天鵝叔叔正在招呼客人。

吉吉和仙仙都好希望乘船遊湖，可是，他們企求的眼光被猴爸搖頭搖開了：「媽媽正在「暈船」，我們不要再乘船了。」

「媽媽暈船嗎？」仙仙體諒地挨近猴媽，拉住她冰冷的手，呀！摸到什麼東西了？是猴媽手上戴著的戒指。她伸出手來，在陽光下，寶石上出現一顆星。

「哇！星光閃閃！」仙仙大叫。

「是啊！媽媽現在真是星光閃閃了！」猴爸苦笑著對猴媽說：「下回你還想再買珠寶嗎？」吉吉嘀咕著：「媽媽叫我不要亂買東西，還說風景區的東西更不能買……」

猴媽有氣無力的，連嘆氣都嘆不出來，她覺得自己就像在波光粼粼的水上載浮載沉，眼睛更花，圍繞在眼前的一圈星光一閃又一閃，一閃又一閃……

（一九九〇年三月．兒童日報）

42

翠翠的心事

三月的春風，吹亮了小溪的顏色，翠翠聞到春天的味道，心裡有說不出的高興，他等待春天，等了很久了。

「冬天愈來愈難挨，幸好春天已經到了，我可以施展我的技術，抓些魚來填飽肚子了。」翠翠細心地梳理身上的羽毛——寶藍、翠綠、橙黃、鵝黃等漂亮的彩衣！但是，餓了一個冬天，那些顏色都顯得黯淡多了，沒有一絲兒光澤，看起來無精打采的。

他的嘴巴又長又尖，就像一支銳利的短劍。靠著這支利器，再加上高超的飛行技術，他捕魚的本領可真是超級厲害。然而，唉！功夫再好，也得溪裡頭有魚才行啊！

突然，一隻紅嘴的小翠鳥掠過他眼前，使得翠翠眼睛一亮。他獨自在小溪邊一段日子了，一直沒有同伴，這會兒看到同類，他好興奮哪！

紅嘴的翠鳥，不知怎麼了，翅膀一軟，掉下來了，跌在草地上掙扎著，翠翠嚇了一跳，趕緊飛過去看看是怎麼一回事。他發現紅嘴的翠鳥太瘦太瘦了，也許是餓昏了。

翠翠展開翅膀，在溪上飛巡著。春天剛到不久，雖然前幾天下過一場春雨，但是雨水不多，溪水也淺淺的，翠翠向著上游飛行，找了很久，看到一處水窪，勉強捉到兩三條小魚，急忙啣回來，餵紅嘴翠鳥吃。

「啊！謝謝你，你救了我的命！」紅嘴翠鳥說：「我叫小紅，我的家在上游山裡，但是……嗚……」

小紅傷心地哭起來了。

「別哭，別哭，告訴我，發生了什麼事？」

翠翠一安慰，小紅哭得更厲害了，她想起了和樂的家，一夜之間全毀了，家破親亡，只剩她倉惶逃命，不由得全身顫慄。

是什麼可怕的怪獸出現了呢？翠翠也感到悚然心驚。小紅搖了搖頭，她不知道，只記得媽媽叼了兩條魚回來，她嫌魚有怪味，挑嘴不肯吃，而爸爸媽媽和哥哥姐姐分著吃了，吃完不久，都大喊肚子痛，她很害怕，卻又無能為力，不知道怎麼辦才好。

隔天，他們都躺著不動了，媽媽睜開渾濁的眼，斷斷續續地交代她，快走，快走，不要留在山裡……

小紅一路飛呀飛，總想找到有誰可以幫忙救爸媽和兄姐，她又哀傷又害怕，再也不敢抓魚吃，一直餓著肚子。

「那些有怪味的魚，一定有問題，嗯……我聽說，荷塘有位老釣魚翁，是咱們翠鳥族中的智者，我想我們可以去請教他！」

翠翠等小紅體力恢復了，就帶著小紅向荷塘前進，找了很久，找不到荷塘，只找到一片滿是龍葵和臭泥的空地，從那些雜草中伸出許多乾枯的荷莖，可以判斷應是荷塘的位置。

三月裡，荷塘不是應該水汪汪的嗎？荷葉不是正開始綠油油嗎？怎麼會這樣呢？

「老翁！老翁！」翠翠和小紅繞著荷塘呼喚、尋找，滿臉憂愁的老釣魚翁出現了，他去調查荷塘乾涸的原因，剛回來不久呢！

老釣漁翁見識多，又勤於到處查訪，他告訴翠翠和小紅，荷塘乾涸，是因為水庫沒水。水庫沒水，是因為天不下雨。山上樹木少了，許多山被理了髮，變得光禿禿的，禿頭的山，留不住雨水，就算天肯下雨，也沒有用哇！

有怪味的魚，又是怎麼了？

老釣魚翁嘆了一口氣，唉！那是溪水髒了。溪水怎麼會髒呢？原因有很多種，老釣魚翁建議翠翠自己去調查，至於小紅的親人，照情況判斷，可能是吃了有毒的魚，魚不會自己生毒，而是被人類下了毒。

「有些壞蛋不靠技術抓魚，他們在溪的上游放一種叫做氰酸鉀的東西，氰酸鉀溶解在水中，順流而下，在下面的魚吃了有毒的水，就會全身麻痺，失去知覺。魚已經有毒了，我們再把魚吞下肚去，不就等於吞了毒嗎？」

小紅哀傷地哭了，她隨著翠翠一面調查溪水被污染的情形，一面打聽有沒有解毒的藥，可怕的是，在溪邊，有垃圾被堆積著，髒水流進溪裡，垃圾漂進溪裡，有工廠的廢水滲進溪中，有洗衣服的肥皂水、洗碗的洗潔精水、洗廚房浴室的清潔劑……點點滴滴的，都湧入溪水裡，那些，都像氰酸鉀一樣，很毒哇！

「我們還有別的地方住嗎？」翠翠想要好好地照顧小紅，但是他可也傷腦筋了，住哪兒，才能過著幸福安康的生活呢？

（一九九四年七月．豐年半月刊）

43 黑怪

三隻小金魚，住在一個美麗的水晶宮裡。長方形的水晶宮，四面都是透明的玻璃，地面鋪著潔白的珊瑚礁，正中央有一座雅緻的陶瓷三合院。

三合院外面，種了許多綠綠的水草，有寬葉子的，有細葉子的，經常隨著水的波動而輕輕搖曳，好優雅，好浪漫。

三隻小金魚從小就住在這兒，那時她們的身體都很小。三合院有一間大廳和九個房間，都有門和窗，她們可以很靈活的在每個房間穿進穿出，追來追去地捉迷藏。

每天小主人會來餵她們吃藻粒，透過玻璃，她們表演水中芭蕾給小主人看，也順便「欣賞」小主人的活動——她在彈琴了……她在寫字了……嘻嘻，她走過來了！

三隻小金魚這時就趕快秀出最美的舞姿，好聽到小主人驚喜的讚嘆聲。

快樂的日子過得很快，一天又一天的，小金魚們漸漸長大了，有一天，她們在跳舞的時候，覺得尾巴裙子似乎常常碰到玻璃牆壁，有時甩過去竟矇住了朋友的眼睛；她們在捉迷藏的時候，發現房間的窗都太小，連門都塞不進去了——嗯，真的長得很大了喔！可是……

「咦？大尾巴怎麼了？」媚眼金魚和紅裙子金魚正在吃藻粒時，看見大尾巴金魚懨懨地躲在一叢水草後面，一動也不動。

「喂喂，哈囉，快來吃早餐哪！」在玻璃外面的小主人也發現了，輕聲招呼著。但是大尾巴仍舊不動。

大尾巴好像生病了！媚眼和紅裙子趕快過去探望。

「我頭昏昏的，全身沒力氣，好難受哇！」大尾巴懶洋洋地說：「唉，是不是我有點眼花了，老是覺得看不清楚東西……」

看不清楚？媚眼睜大眼睛，四面八方看了一下——瞧，霧濛濛的，不只是大尾巴眼花，連她那麼好眼力的，也覺得看得不太清楚哇！

她們四處檢查，愈看愈心慌：珊瑚礁上有黑黑綠綠的垃圾；水草葉上有厚厚的青苔；玻璃面上黏黏的；三合院的屋頂、牆縫，佈滿黑色的絨毛……

「水不太乾淨，」小主人的爸爸在水族箱前查看一番，告訴小主人說：「三隻金魚長大了，排泄物增加，妳也倒了太多的飼料，她們吃不完，剩餘的漂到角落去腐爛了，造成水的污染。」

「那怎麼辦？」小主人可急了，媚眼和紅裙子也急了，眼看著大尾巴好像要昏過去了哪！

骯髒的水，被小主人抽掉一半，又換新的水，玻璃面擦拭過，水草和三合院都清洗過，水晶宮總算又有點像樣了，呼吸起來，順暢得多。媚眼四處溜了溜，覺得很滿意，大尾巴應該會好起來了吧！忽然，她發現草叢後面似乎有個黑黑的東西——一大包垃圾？那還得了，不清走不行啊！她急急地游過去，一看——

「哇！黑怪！」媚眼被那一團猛然回頭黑色東西嚇了一跳，一溜煙的衝到三合院的大廳，把頭鑽進大廳的門，全身不住地發抖。

紅裙子繞了一圈，什麼也沒看見，她想是媚眼緊張過度了，一直在擔心大尾巴的病情嘛！

「真的不騙妳，我看見了，頭尖尖的……尾巴長長的……身體扁扁的……全身烏漆抹黑，嘴巴又突又大……」媚眼顫抖著，說：「好可怕……好可怕……」

紅裙子看到玻璃外，小主人的臉笑咪咪的，一點也沒有什麼可怕事發生的樣子。她一面翻著草叢，一面自言自語地說：「什麼烏漆抹黑大嘴巴，八成是想跟我尋開心，好吧！來吧！烏漆抹黑的黑怪，出來——出來——」

紅裙子跳著舞，唱著歌，把黑怪編成歌兒唱著，突然背後被拍了一下，她猜是媚眼出來了，想反將她一軍，於是猛然向後轉身，一面大叫：「我是黑怪——」

「哇——怪怪怪怪怪……」紅裙子差一點就昏倒，面前真的有一個黑怪呀！嚇歸嚇，逃命要緊，在這千鈞一髮的時刻，可不能軟了身子。她奮力一甩，尾巴猛掃黑怪的頭，加倍速度撥水，一頭栽進三合院，把頭藏在媚眼的尾巴下——現在她抖得比媚眼還厲害啦！

「吃飯囉！」小主人柔柔的聲音傳來，緊跟著可口的綠藻顆粒從空中漂下來了。聞到香味，肚子就咕嚕咕嚕的叫了起來，可是，怪物……

「吃飯囉！」小主人又叫喚了。聽到小主人的聲音，比較安心，至少，如果黑怪敢怎麼樣的話，小主人不會坐視不救的……好吧！先吃再說……

偷偷的，吃了一口，又一口，一口，再一口……唔，怪物不見了。但是，奇怪呀！大尾巴呢？大尾巴也不見了！糟了！一定是被黑怪吃掉了！

媚眼和紅裙子全都沒了胃口，黑怪實在太可怕了，悄悄地吃掉了大尾巴，小主人怎麼搞的，竟然沒發現嗎？

「救命呀！救命呀！」她們隔著玻璃拼命呼救。

黑夜來臨了，小主人要去睡覺了，啪！一聲，關掉了燈，整個水晶宮籠罩在一片黑暗中。她們互相依偎著，不知道那黑怪在黑暗中做什麼壞事，乒乒乓乓的，明天，說不定水晶宮已消失，變成魔宮了吧！

不知什麼時候睡著了，等到醒來時，天已亮了，嗯？奇怪！水晶宮不但沒有變成魔宮，反倒有更舒服的感受，更妙的是，哈，太好了，大尾巴沒有被吃掉，她神采奕奕地在她們面前舞動美麗的尾巴呢！

「大尾巴，妳哪裡去了？害我們擔心妳！」媚眼一把抱住她。

「我生病了，小主人的爸爸帶我去給醫生治療。醫生向主人介紹一個好朋友給我們，我想他應該已來了，妳們見過了吧？」

「一個好朋友？沒有哇！倒是——噓，小心點，我告訴妳喔，來了一個可怕的，烏漆抹黑的怪物！」紅裙子緊張地四面張望。

「烏漆抹黑……？噢，我知道了，那不是怪物，他叫做「琵琶」，是很厲害的清潔大隊長，他是我們的大恩人，要不是他，我們這兒會這麼乾淨嗎？」大尾巴轉了轉身子，看看潔淨的新環境，很滿意地說：「走，我們去找琵琶，謝謝他，歡迎他！」

「嘿！我在這兒哪！」角落裡，琵琶果然出現了，他向大尾巴問好，說：「恭喜妳回來了，妳看這兒清掃得怎麼樣呢？」

「太好了！感謝你，也感謝我們的醫生介紹你來。」大尾巴很開心地，拉著難為情的媚眼和紅裙子，一起迎向黑怪。

她們跳著曼妙的芭蕾舞，迎接新朋友，也迎接新生活。

（一九九六年五月．高市兒童）

陳玉珠的童話花園
「臺南作家作品集」第八輯04

作　　者／陳玉珠
總　　監／葉澤山
編輯委員／李若鶯、陳昌明、陳萬益、張良澤、廖振富
行政編輯／何宜芳、申國艷
社　　長／林宜澐
總 編 輯／廖志墭
內文插畫／宋元馨
編輯協力／林韋聿、謝佩璇
企　　劃／彭雅倫
封面設計／黃子欽
內文排版／藍天圖物宣字社

出　　版／蔚藍文化出版股份有限公司
地址：10667 臺北市大安區復興南路二段 237 號 13 樓
電話：02-22431897
臉書：https://www.facebook.com/AZUREPUBLISH/
讀者服務信箱：azurebks@gmail.com

臺南市政府文化局
地址：
永華市政中心：70801 臺南市安平區永華路 2 段 6 號 13 樓
民治市政中心：73049 臺南市新營區中正路 23 號
電話：06-6324453
網址：http：// culture.tainan.gov.tw

總 經 銷／大和書報圖書股份有限公司
地址：24890 新北市新莊區五工五路 2 號
電話：02-8990-2588

法律顧問／眾律國際法律事務所　著作權律師／范國華律師
電話：02-2759-5585　網站：www.zoomlaw.net

印　　刷／世和印製企業有限公司
定　　價／新臺幣 300 元
初版一刷／ 2019 年 11 月

ISBN 978-986-98090-4-7
GPN 1010801494
臺南文學叢書 L115 ｜局總號 2019-499 ｜臺南作家作品集 51

國家圖書館出版品預行編目（CIP）資料

陳玉珠的童話花園 / 陳玉珠著 . -- 初版 . -- 臺北市 : 蔚藍文化 ; 臺南市 : 南市文化局 , 2019.11
面；　公分 . --（臺南作家作品集 . 第 8 輯 ; 4）
ISBN 978-986-98090-4-7（平裝）

863.59　　108014805

臺南作家作品集 全書目

● **第一輯**				
1	我們	‧黃吉川 著	100.12	180元
2	莫有無一心情三印一	‧白聆 著	100.12	180元
3	英雄淚一周定邦布袋戲劇本集	‧周定邦 著	100.12	240元
4	春日地圖	‧陳金順 著	100.12	180元
5	葉笛及其現代詩研究	‧郭倍甄 著	100.12	250元
6	府城詩篇	‧林宗源 著	100.12	180元
7	走揣臺灣的記持	‧藍淑貞 著	100.12	180元
● **第二輯**				
8	趙雲文選	‧趙雲 著 ‧陳昌明 主編	102.03	250元
9	人猿之死一林佛兒短篇小說選	‧林佛兒 著	102.03	300元
10	詩歌聲裡	‧胡民祥 著	102.03	250元
11	白髮記	‧陳正雄 著	102.03	200元
12	南鵲是我，我是南鵲	‧謝孟宗 著	102.03	200元
13	周嘯虹短篇小說選	‧周嘯虹 著	102.03	200元
14	紫夢春迴雪蝶醉	‧柯勃臣 著	102.03	220元
15	鹽分地帶文藝營研究	‧康詠琪 著	102.03	300元
● **第三輯**				
16	許地山作品選	‧許地山 著 ‧陳萬益 編著	103.02	250元
17	漁父編年詩文集	‧王三慶 著	103.02	250元
18	烏腳病庄	‧楊青矗 著	103.02	250元
19	渡鳥一黃文博臺語詩集 1	‧黃文博 著	103.02	300元
20	噍吧哖兒女	‧楊寶山 著	103.02	250元
21	如果．曾經	‧林娟娟 著	103.02	200元
22	對邊緣到多元中心：台語文學 ê 主體建構	‧方耀乾 著	103.02	300元
23	遠方的回聲	‧李昭鈴 著	103.02	200元
● **第四輯**				
24	臺南作家評論選集	‧廖淑芳 主編	104.03	280元
25	何瑞雄詩選	‧何瑞雄 著	104.03	250元
26	足跡	‧李鑫益 著	104.03	220元

27	爺爺與孫子	・丘榮襄 著	104.03	220 元
28	笑指白雲去來	・陳丁林 著	104.03	220 元
29	網內夢外—臺語詩集	・藍淑貞 著	104.03	200 元
● **第五輯**				
30	自己做陀螺—薛林詩選	・薛林 著 ・龔華 主編	105.04	300 元
31	舊府城・新傳講—歷史都心文化園區傳講人之訪談札記	・蔡蕙如 著	105.04	250 元
32	戰後臺灣詩史「反抗敘事」的建構	・陳瀅州 著	105.04	350 元
33	對戲，入戲	・陳崇民 著	105.04	250 元
● **第六輯**				
34	漂泊的民族—王育德選集	・王育德 原著 ・呂美親 編譯	106.02	380 元
35	洪鐵濤文集	・洪鐵濤 原著 ・陳曉怡 編	106.02	300 元
36	袖海集	・吳榮富 著	106.02	320 元
37	黑盒本事	・林信宏 著	106.02	250 元
38	愛河夜遊想當年	・許正勳 著	106.02	250 元
39	台灣母語文學：少數文學史書寫理論	・方耀乾 著	106.02	300 元
● **第七輯**				
40	府城今昔	・龔顯宗 著	106.12	300 元
41	台灣鄉土傳奇 二集	・黃勁連 編著	106.12	300 元
42	眠夢南瀛	・陳正雄 著	106.12	250 元
43	記憶的盒子	・周梅春 著	106.12	250 元
44	阿立祖回家	・楊寶山 著	106.12	250 元
45	顏色	・邱致清 著	106.12	250 元
46	築劇	・陸昕慈 著	106.12	300 元
47	夜空恬靜—流星 台語文學評論	・陳金順 著	106.12	300 元
● **第八輯**				
48	太陽旗下的小子	・林清文 著	108.11	380 元
49	落花時節：葉笛詩文集	・葉笛 著 ・葉蓁蓁、葉瓊霞 編	108.11	360 元
50	許達然散文集	・許達然 著 ・莊永清 編	108.11	420 元
51	陳玉珠的童話花園	・陳玉珠 著	108.11	300 元
52	和風 人隨行	・陳志良 著	108.11	320 元
53	臺南映象	・謝振宗 著	108.11	360 元
54	天光雲影【籤詩現代版】	・林柏維 著	108.11	300 元